KB020068

선우명수필선 38

골목길

국립중앙도서관 출판예정도서목록(CIP)

골목길 : 고임순 수필선 / 지은이: 고임순. -- 서울 : 선우
미디어, 2015
    p. ;   cm. -- (선우명수필선 ; 38)
"고임순 연보" 수록
ISBN 978-89-5658-401-0 04810 : ₩5000
ISBN 978-89-87771-09-1 (세트) 04810
한국 현대 수필[韓國現代隨筆]
814.7-KDC6
895.745-DDC23   CIP2015015915

선우명수필선·38

골목길

1판 1쇄 발행 | 2015년 6월 20일

지은이 | 고임순
발행인 | 이선우
펴낸곳 | 도서출판 선우미디어
        등록 | 1997. 8. 7 제 305-2014-000020호
        130-100서울특별시 동대문구 장한로12길 40, 101동 203호
        (장안동 우성3차아파트)
        ☎ 2272-3351, 3352 팩스: 2272-5540
        sunwoome@hanmail.net

Printed in Korea ⓒ 2015. 고임순

값 5,000원

※ 잘못된 책은 바꿔 드립니다.
※ 저자와의 협의하에 인지 생략합니다.

ISBN 978-89-5658-401-0 04810
ISBN 978-89-87771-09-1 (세트)

선우명수필선 38

골목길

고임순 수필선

선우미디어

머리말

한 편의 수필쓰기는 우리 삶 가운데 극히 일상적인 것, 평범한 일에 가려서 숨겨져 있는 의미를 캐어내는 작업이다. 내 인생과 세계를 바라볼 때 주로 가슴 밑바닥에 흔들리고 있는 사물이 나에게 개안(開眼)의 계기가 되고 작품 쓰는 동기가 되었다.

내 스스로 경험한 세계와 사물, 그리고 인생의 흔들림을 내 인식과 감성의 체에 넣어 체질하기. 술을 걸러서 맑은 진국만을 받아내듯, 곡식을 쳐서 낟알 굵은 것만 따로 골라내듯, 마치도 생수가 칠흑이 되는 먹 갈기와도 같은 골몰(汨沒)하는 시간에 수필 한 편은 빚어졌다.

사물과 언어와 인간, 이 삼자가 새로운 세계를 창조하려는 순간의 긴박한 현실감, 나만의 언어가 갖는 힘과 뉘앙스를 진실체험을 통해 내면 깊은 곳에서 끄집어내기 위해 고심을 거듭했다. 그동안 쓴 작품 가운데 37편을 골라 못난 대로 부끄러운 얼굴을 내민다.

산뜻하게 책을 꾸며준 이선우 사장님, 그리고 송수미님에게 고마움을 표한다.

2015년 봄비 내리는 松雲山房에서

차례

1부

창(窓)

박꽃

바가지, 하면 어렸을 때 우물가 넓은 나무 물통 위에 조각배처럼 둥둥 떠 있던 쪽바가지가 생각난다. 그리고 담을 타고 지붕 위로 올라가 피어있던 하얀 박꽃이 함께 떠오르는 것이다.

전주 완산동에 있는 우리 집은 기와집으로 뒷마당이 꽤 넓어 아버지께서는 갖가지 화초를 가꾸시고 살림꾼인 어머니께서는 가지, 고추, 호박과 함께 꼭 박을 심으셨다.

여름날, 곧잘 나는 친구들과 뒷마당 그늘에 앉아 소꿉장난을 하다가 살금살금 어머니 눈을 피해 호박밭에 들어가 아직 꽃이 떨어지지 않은 엄지손가락만한 호박을 따가지고 놀았다. 노란 꽃은 호롱불 밝힌다고 뒤집어놓고 호박은 성냥개비를 꽂아 개, 돼지를 만들기도 했지만 박꽃은 손을 대지 않았다.

호박은 그냥 두면 너희들 반찬이 될 텐데 하시는 어머니 꾸중을 귓전에 흘리고 또 일을 저질렀지만 박꽃 앞에서는 그 흰빛이 애처롭고 요기마저 띤 것 같아 손대기가 두려웠다. 더구나 그 열매는 엄두도 내지 못했는데 혹시 흥부의 보은박이 될지도 모르고 실질적으로 두 개의 바가지로 쓸 수 있는 실용성 쪽이 더 컸기 때문이다.

박꽃은 흰빛이다. 번드르르 윤기 도는 화려한 비단 빛이 아니고 시골 아낙의 옥양목 저고리 같은 투박한 빛이다. 또 햅쌀을 여러 번 으깨어 씻은 뿌연 뜨물 같은 빛이기도 했다. 그 빛은 태양빛을 나타낸 신성청정(神聖淸淨)한 빛으로 백의민족인 우리 조상들이 사랑했던 바로 그 빛이 아닌가.

박꽃은 저녁에 활짝 핀다. 대낮 쏟아지는 뙤약볕에 조용히 고개 숙인 강인한 인내심에 우러러보인다. 평생 소복을 입고 인고의 세월을 사는 여인의 한이 승화된 것 같은 꽃. 이렇듯 가련 청순하고, 아름다운 체념의 슬픔을 되씹고 있는 듯 안개 내리는 어둠속에서 눈물지며 피는 꽃. 바라보고 있으면 함께 울고 싶어진다.

또 매료되는 것은 백치미(白痴美)다. 꽃으로 피어나 지면서 박으로 자라서 꽉 찬 속을 비우고 껍질만이 바가지로 태어나는 신비스런 자신을 아는지 모르는지 멍청하게 피어있는 그 무표정이 사랑스럽다. 허나 번뜩이는 재기도 보인다. 푸른빛이 돌아 바르르 떠는 꽃잎에서 사색하며 우주 한 끝을 조심히 걷는 그믐달 같은 첨예함도 보인다. 이렇게 백치와 천재를 동시에 품은 앙상블 같은 꽃이다.

무더위가 가고 어린 아이 머리통만큼 자란 박을 일일이 짚으로 만든 또아리를 받쳐주는 어머니는 곁에서 나는 노끈처럼 말라붙은 줄기에서 박이 굴러 떨어질 것 같아 마음

졸이며 지켜보곤 했다. 설익는다고 야단맞으면서도 손바닥으로 쓰다듬어 주기도 하고 주먹으로 툭툭 치며 귀를 대고 빨리 익기를 고대했다.

드디어 박 따는 날이 닥치면 우리집은 잔칫집같이 소란했다. 오빠는 지붕에서 박을 따 나르다가 넘어져 깨기도 하고, 나는 대청마루에 돗자리를 깔고 도마, 칼, 톱 등을 준비하느라 설치고 다녔다. 어머니는 웃으시며 그중 크고 잘 생긴 박을 골라 도마 위에 놓고 칼을 드셨다.

마술사 같은 어머니 손 밑에서 이루어지는 박의 탄생을 지켜보던 나는 만감이 교차했다. 그동안의 착한 행실이 떠올라 청빈한 흥부의 고결한 인품과 대조하며 금은보화라도 쏟아졌으면 하다가 나쁜 행실도 있어 욕심꾸러기 놀부의 비열함을 저주하며 오물이나 뱀들이 나오면 어떡하나 겁이 나기도 했다.

마침내 박은 두 동강이가 났다. 눈을 크게 뜨고 아무리 봐도 거기에는 박꽃이 둔갑해버린 얄밉도록 하얀 박속뿐, 내 꿈은 일순에 깨지고 말았다. 너무 큰 실망으로 일어서며 그 독특한 박속 냄새에 코를 막고 돌아서버렸다. 그러나 두 개의 바가지 탄생은 신비했다. 요즈음 바가지가 이렇게 해서 태어난다는 것도 모르는 아이들도 많이 있다. 이제 바가지는 전설처럼 흥부전의 박으로만 우리 기억 속에 남을 지도 모른다.

(1979.)

창(窓)

내가 살아 있음을 가장 실감할 때는 아침잠에서 깨어나 커튼을 걷고 창을 여는 순간이다. 나는 신선한 공기를 들이마시며 눈을 크게 뜨고 솟구치는 생명력으로 오늘 하루를 연다.

밤이 되면 하늘을 날다가 귀소하는 새처럼 열린 창으로 나가 하루 일을 마치고 오렌지 불빛이 아른거리는 창가로 돌아온다. 그러면 진정한 삶의 기쁨이 창문을 닫고 어둠 속에 포근히 잠들 때 나를 휘감는다.

열리는 창 그리고 닫히는 창. 그 창 속에는 사람마다의 생활이 있고 제각기 살아가는 기쁨과 슬픔이 맴돌고 있다. 아무리 작은 창일지라도 사람들은 그 속에서 삶을 엮고 세월을 갈면서 변모해 간다.

창밖에는 항상 바람이 오가고 창 안에는 따뜻한 인정이 머문다. 창은 밝고 솔직하여 밖의 모습도 안의 움직임도 거짓 없이 드러내 준다. 그래서 열린 창 속에는 활기차고 단란한 가정이 있고 닫힌 창은 병든 폐가를 느끼게 한다.

창은 바로 우리의 두 눈 같은 것이 아닐까. 지난번 일본

북해도 여행에서 본 아이누족의 흙집은 창구멍이 두 개가 있었다. 우리의 초가삼간처럼 아무렇게나 종이를 바른 창에서 포근한 인간미를 느꼈다. 순박한 시골 노인의 선량한 눈동자에서처럼.

대형 주택의 큰 창보다는 이렇게 원시적인 흙집 창이 더욱 사람의 눈임을 연상케 했다. 나는 그때 그 창 속에서 눈 덮인 겨울을 이겨냈던 원주민의 의지를 발견한 것이다. 통나무를 깎아 카누를 만들고 무쇠를 녹여 창살을 만들며 그들은 그 창으로 곰의 움직임을 쫓고 강이 녹는 봄을 기다렸으리라. 그 사람들의 숨결이 아직도 그 창가에 머물고 있는 것만 같았다.

영혼을 담은 우리 육체의 창인 두 눈은 유리알처럼 밝은 광채로 삶의 척도를 나타낸다. 두 눈동자가 샛별처럼 빛날 때 우리는 생동감으로 충만해진다. 눈은 오직 마음의 진실을 토로하는 거울이다. 창을 통해 그 속을 들여다보듯 우리는 눈을 통해 그 마음속을 환하게 꿰뚫는다.

우리는 서로의 만남에서 반가운 청안(靑眼)에 미소 짓고 증오의 백안(白眼)에 섬뜩해진다. 사랑의 눈빛, 탐욕의 눈빛, 거짓 꾸밈의 눈빛, 이렇게 눈빛은 하늘처럼 흐렸다 개면서 다양한 빛깔로 마음속을 드러내 놓는다.

이 세상에 사랑의 진실을 고백하는 이의 눈빛보다 더 아름다운 것이 있을까. 서로 사랑하는 눈빛의 마주침은 오팔 같은 오묘한 빛으로 반사한다. 사랑이 깊을수록 아픔도 깊은 것이 사랑의 본질이라면 사랑의 눈빛 속에는 그 아픔 때문에 더 신비스런 빛이 번뜩이고 있는지도 모른다.

열리는 눈 그리고 닫히는 눈. 고고성을 지르며 태어난 내 분신과의 첫 대면의 감격은 바로 눈과의 마주침이었다. 이제 막 열린 그 영롱한 눈동자에서 해돋이 같은 서광을 받을 때 나는 이제 내 삶의 변화를 시도해야 함을 깨달았다. 그 작은 눈동자가 하늘처럼 내 몸 위로 덮쳐옴을 느꼈던 것이다.

나는 자라나는 아이들의 눈망울이 흐려지지 않도록 정성으로 마음을 썼다. 삼 남매가 온몸으로 나에게 쏟는 믿음과 사랑의 눈빛 그 한없는 심연, 그것은 나를 오늘날까지 어머니로서 가정이라는 항구에 정박시켜 주었던 닻의 무게였고 등대의 불빛이 아니던가.

마지막 닫히는 순간의 눈빛도 잊을 수 없는 감동으로 남아 있다. 임종 때의 어머니 눈빛. 자손들이 엎드려 기도와 찬송으로 임종예배를 드리고 있을 때 어머니께서는 사흘 동안 혼수상태에서 감았던 눈을 번쩍 뜨신 기적을 보여 주셨다. 그때 물기 어린 흑진주 같은 광채는 섬광처럼 짜릿짜릿 내 가슴으로 흘러들어 왔다.

나를 한없는 회한의 늪으로 빠지게 했던 그 신비한 눈빛, 그것은 평생 동안 자손들에게 쏟으신 한량없는 사랑의 앙금으로 응고된 눈빛으로 이미 이 세상의 빛은 아니었다.

영원히 열 수 없는 눈을 닫은 어머니의 점점 식어가는 손을 잡은 채 고개를 드니 눈앞에 저녁노을이 물든 창이 눈부셨다. 어머님의 닫힌 눈은 이미 저 창을 통해 천국을 향해 열리고 있지 않는가. 나 혼자만이 저녁노을을 볼 수 있도록 하나님께서 나를 위하여 이 창을 내리신 것이라 여겨졌다.

"사람은 눈이 보일 때까지 손을 움직여 일해야 한다." 어머님 낮은 목소리가 머무는 창가. 하고 싶은 이야기를 목까지 채우시고 유리창을 닦고 또 닦으시며 큰딸 오기만을 기다리시던 어머님. 나를 반기시던 그 자애로운 눈빛은 이 창과 함께 내 가슴에 영원히 살아 있는 것이다.

(1987.)

물 위에 떠서

장마철, 섭씨 30도를 웃도는 후텁지근한 날씨가 이어지고 있다. 젖은 빨래처럼 축 늘어진 몸을 추스르면 얼굴마저 찌푸리게 된다. 이런 날씨를 먼저 알아보는 무릎관절이 삐걱거리며 신호를 보내준다. 더구나 며칠 붓글씨쓰기에 매달리다 보니 몸은 천근이다. 이럴 때면 물이 있는 곳으로 달려가고 싶은 마음 간절하여 만사 제쳐 놓고 집을 나선다.

물의 속성은 항상 흐르며 위에서 아래로 떨어지면서 수평을 유지하는 것. 그러한 물이 네모 칸 속에 갇혀 잔잔하게 고여 있는 수영장을 찾아 간다. 바로 이곳이 내 심신을 단련하는 물리치료장이다. 수영복에 모자를 쓰고 물안경을 끼고 물속에 들어가면 남녀노소가 따로 없다.

어찌 세월을 빗겨가랴. 날씬한 S자 라인의 몸매를 부러워하기에는 너무 멀리 와버린 나는 두리번거리며 비슷한 세대들을 찾아 어울린다. 모두들 어쩔 수 없이 세월을 걸치고 불어난 무거운 몸을 물속에 담그고 체력을 단련하는데 여념이 없다. 비만증, 신경통, 관절염 등 나이만큼 지니고 있는 육체의 아픔을 서로가 호소하는 동병상련의 공간이다.

물은 관용의 품이다. 마치 어머니 품 속같이 아늑하고 부드러운 물. 우리들 병든 몸을 쓰다듬으며 그 넓은 포용력으로 치유의 은혜를 베풀어 주는 물이 한없이 고맙기만 하다. 풍덩 뛰어든 몸을 가랑잎처럼 띄워주며, 땀으로 찌든 피부의 모공까지도 활짝 열어주는 것 같아 영혼마저도 맑아진 듯 상쾌하다.

물은 자유의 누리이다. 물속에서 팔돌리기와 발치기 등 준비운동을 한 다음 손끝과 발끝을 수평으로 뻗는다. 두 팔로 물을 모았다가 펼치면서 오므렸던 발을 힘차게 걷어차면 수로가 열리면서 몸은 앞으로 쑥 나간다. 이렇게 평형수영을 하면 고향 강이 떠오르며 다슬기를 잡고 송사리 떼를 쫓으며 물장구치던 유년이 그리워진다.

나는 또 푸른 바다를 연상하면서 자유형 수영을 시도한다. 두 팔을 교대로 물을 끌어당기면서 고개를 옆으로 들어 호흡하고 다리를 다듬이질하듯 두들겨대면 몸을 밀어내는 물. 물안경으로 3미터 수심에 잠기면 어디서 소라가 울고 있는 환상에 사로잡히며 나는 물속을 누비는 한 마리 인어가 된다.

물은 재생의 묘약이다. 심호흡하고 물속으로 다이빙할 때 머리가 수압과 부딪치는 순간 두통은 치유된다. 거꾸로 물속에 박힌다는 것은 무엇으로도 다스리지 못하는 우울증과 스트레스에의 해방이다. 상처투성이의 나는 죽고 새롭게 거듭나게 하는 힘의 원천임을 깨닫는 순간 나는 활력을 얻는다.

물은 무언의 스승이다. 수영에서 가장 어려운 것은 물 위에 뜨는 것과 호흡이다. 이것은 아무도 대신 해줄 수 없는 내 자신 스스로 터득해야 할 비법으로 누구에게 대신 해달라고 부탁할 수도 없는 일이 아닌가. 과감하게 깊은 물속에 빠졌다가 허우적거리며 물 위로 뜨는 훈련을 거듭하면서 코와 입으로 물을 먹는 고역을 감수해야 한다. 이 어려운 고비를 넘길 수 있게 물은 조용히 가르쳐 준다.

이렇게 물 위에 뜨는 법을 익히면서 나는 그 이치를 붓글씨 쓰기와 인생살이에도 적용시켜 본다. 붓글씨도 절대로 남이 대신 써줄 수 없다. 손에 붓을 쥐고 바른 자세로 수영하듯 한 획 한 획에 정성을 다할 때 생동감 넘치는 자형이 탄생하는 법이다. 다같이 지구력의 단련과정이라 할 수 있다. 또 우리 삶에 있어서도 살다 보면 결국은 혼자 남아 살아가야 한다. 누구를 붙들고 함께 뒤엉켜 수영할 수 없는 것처럼 홀로 서기의 삶. 물은 세파를 이겨내는 삶의 기틀이 되어 매일 매일을 물 흐르듯 순리 대로 살라고 일깨워 준다.

물과 혼연일체가 되어 1시간가량 쉬지 않고 수영을 하고 나면 나는 행복감에 젖는다. 집으로 돌아가는 길은 어떤 비약으로도 치유할 수 없는 상쾌한 몸과 마음이 되어 날아갈 듯 가볍다. 내 스스로 나를 사랑하고 싶은 내 몸이 그렇게 소중할 수가 없는 것이다.

(1988.)

하얀 저고리

큰 꿈을 안고 공주사범학교로 유학 갔던 13살, 나는 공부보다 매일 비상주머니를 매고 근로봉사에 혹사당했다. 산에 올라 흙을 파서 소나무 뿌리를 캐면 무늬가 다양한 기왓장들이 솟아나왔다. 그 귀중한 조상의 얼을 마구 짓밟고 깨부수면서 송근 캐기에만 혈안이 되었던 시절, 그 추한 몸꼴을 다시 땅속으로 몽땅 묻어버리고 싶은 몰라도 너무 몰랐던 철부지였다.

어느 날, 일을 마치고 돌아오는데 머리에 광주리를 이고 아기를 들쳐업은 농부 아낙이 우리 앞을 지나쳤다. 뜨물처럼 투박한 옥양목 저고리, 잘 여며지지 않는 앞섶 밑으로 늘어진 유방이 흔들거려 나는 치부가 드러난 것 같아 외면을 해버렸는데 일인 친구들이 킥킥 웃기 시작했다.

항상 주동이 되는 마사코가 폭소를 터트리자 모두 '와하하' 하고 합세를 하는 게 아닌가. '조센징 흰옷은 야만인 옷'이라 하며 계속 엉덩이를 흔들며 아낙의 흉을 내면서 내 마음을 아프게 했다. 그 후에도 마사코의 이 연기가 사람을 웃겼다. 우리 백의민족의 옷을 비웃는 그들의 야유가 분했지만 어찌할 도리가 없었다. 그녀에게 복수는 성적으로 이기는 것이어서 이를 갈고 공부했다.

세계2차 대전 막바지. B29의 내습이 잦아지고 우리 근로봉사도 날로 극심해가던 중 이상한 소문이 나돌았다. 흰 저고리만 입고 산 위에 오르면 폭격을 당하지 않는다는 것이다. 나는 어머니께 항상 흰 옷만 입으시고 내 흰 저고리도 한 벌 지어 보내주시라고 편지를 썼다.

숨 막히는 더위가 기승을 부리던 8월 15일. 그날, 젖은 생쥐라는 별명의 교장선생이 전교생이 모인 강당에 모습을 나타냈다. 아주 엄숙한 목소리로 떨면서 일본의 항복을 알렸다. 여기저기서 통곡이 터져 나와 나도 따라 울었다. 그동안 혹사당한 노동력이 억을해서.

'울긴 왜 우니?' 기숙사 같은 방 선배 언니가 나를 쥐어박더니 뒤따르라고 했다. 얼떨떨해하는 나를 끌고 농장으로 갔는데 그곳은 평소 가기 꺼려하던 곳이다. 돼지 먹이를 주고 움막을 청소하는 일, 잡초를 뽑고 파리 송충이 배추벌레를 잡는 일 등, 특히 한국학생들에게 강제노동을 시킨 악명 높은 후지하라 선생의 담당구역이었다.

언니는 흰 저고리 옷고름을 휘날리며 아직 익지 않은 수박을 발로 차면서 "개새끼 후지하라 나쁜 새끼" 하며 나보고도 힘껏 차보라고 했다. 여기저기 익지 않은 속이 튀어나온 수박이 나뒹굴었다. 후지하라 머리통이 되어 터져나갔다. 우리들은 통쾌하게 웃었다.

다음날, 전교생 귀가령이 내려 나는 짐을 꾸리기 시작했다. 어머니가 보내주신 흰 저고리를 입고 소매를 걷어 올려 이불을 등에 지고 양손에 소지품을 들고 나섰다. 기가 죽은 마사코도 뒤따랐다. 후쿠오카가 고향인 그녀는 어제 어머니의 위독전보를 받고 귀가하려던 참이었다.

광복의 기쁨이 넘치는 온 누리에 가득한 8월의 햇빛. 억눌렸던 조국의 염원들이 눈부신 햇살 되어 퍼지고 있었다. 길가에 나부끼는 종이 태극기의 물결, 만세소리, 애국가 부르는 소리, 그 속을 우리가 탄 버스는 뿌연 먼지를 일으키며 논산으로 떠났다.

요철의 시골 흙길, 내장마저 흔들리는 시골 버스는 자주 펑크가 나 한참 고치고 떠나면 또 펑크, 이렇게 몇 번을 반복하는 것이 아닌가. 울화통이 난 운전기사가 뛰어내려 문을 활짝 열고 일본 년놈들은 모조리 내리라고 호통을 쳤다. 사람이 너무 많아 타이어가 견딜 수 없다고 문간에 매달려 있는 사람들을 끌어내렸다.

그런데도 펑크는 여전했다. 드디어 버스는 논산을 십리 정도 남겨놓고 최후의 단말마를 지르고 주저앉고 말았으니 기가 막혔다. 할 수 없이 밤길을 걷기 시작했는데 허기지고 짐이 무거워 얼마 못 가서 기진맥진이 되어 주저앉아 버렸다. 언제 왔는지 마사코가 곁에 딱 붙어있지 않는가.

"그동안 잘못했어. 제발 나좀 도와주어."

개똥벌레가 날아다니는 길가 잡초 밭에서 숨을 돌리는데

마사코가 두 손을 모으고 모기소리로 애원했다. 어쩌면 사람이 저렇게 돌변할까. 안하무인격이던 그녀 앞에 나는 재왕으로 벌을 주어야 했다. 빈 마차가 한 대 달려왔다. 구세주를 만난 듯 재빨리 올라탄 나는 매어달리는 마사코의 손을 뿌리칠 수 없어 끌어 잡아올렸다.

"일본년은 안돼!" 마부는 일일이 이름과 고향을 물으며 조사를 했다. 우물거리는 마사코를 끌어내리려는 앞을 가로막은 나는 우리 동네 친구인데 어머니가 위독하여 울어서 목이 쉬었다고 설명을 늘어놓았다. "너 일본년을 도와주면 반역자야." 마부가 무섭게 노려보며 마차는 떠났다. "이랴 이랴 대한민국 만세!"

우리는 한참 만에 이장 집으로 안내되었다. 이 동네에서 유일한 기와집이고 지체 높은 집안 분위기였다. 이장 부인이 저녁상을 차려주었다. 보리밥 한 그릇을 물에 말아 열무김치에 순식간에 비우고서야 우리는 부채질하고 있는 이장 부인의 하얀 모시적삼에 눈길이 멎었다.

다음날, 하얗게 밝아오는 새벽길을 걸으며 논산에 도착한 우리는 서로 헤어졌다. 악취가 코를 찌르는 대합실 모퉁이에서 그녀는 막 떠나려는 내 저고리 소매를 붙들고 아끼던 볶은 콩 한 줌을 쥐어주며 물기 어린 눈으로 말했다.

"너의 나라 하얀 저고리가 참 아름다워. 네 마음씨만큼이나."

(1985.)

코스모스와 인민병(人民兵)

가다가 지친 넋인가, 초가집 담 밑에 핀 코스모스는. 금세 찬물로 세수하고 나온 소녀의 얼굴처럼 해맑은 꽃, 그리고 그 꽃처럼 나부꼈던 설레던 가슴. 앙드레 지드의 〈좁은 문〉을 읽으며 꿈에 부풀던 여고시절, 어느 날 갑자기 그 평온한 지평으로 불어닥친 피비린내 나는 한국전쟁의 회오리 바람은 놀라움 속에서 내 인생의 막을 열었다.

호남의 고도 전주에서 피혁사업을 하시던 아버지가 자본가로 몰려 인민군들에게 몰수당한 집이 졸지에 공산당 민청(民青) 사무실이 되었다. 학교에서는 담임선생이 이승만 대통령 사진을 짓밟고 김일성 만세를 부르며 반장인 나에게 자수서를 쓰라고 강요했다. 반동분자로 몰린 나는 설 자리를 잃고 하루아침에 뒤집힌 세상에 아연실색할 뿐이었다.

우리 식구는 입은 채로 30리 밖 산골로 쫓겨났다. 살기 위한 몸부림이 시작된 것이다. 답답하고 두려워 가슴 졸였지만 아름다운 산골 자연이 벗이 되어주던 피란지의 여름. 새벽녘 옹달샘에서 물을 길어다가 밀쌀을 담가서 돌절구에 팔이 떨어져라 하고 갈아 수제비를 떠서 먹으면 목에 걸리던 꺼끄러기.

전쟁의 원흉을 찾아 내 고민을 일기에 쏟아버린 날은 소
나기를 뒤집어 쓴 것처럼 마음이 개운하기도 했다. 이따금
인민병들이 몰려와 가택수색을 하면 나는 그 일기장을 껴
안고 걸음아 나 살려라 하고 뒷산으로 뛰었다.

9월로 접어든 어느 날, 나는 음식과 옷가지를 챙길 겸 집
에 들렀다. 아버지와 오빠는 더 남쪽으로 피신해서 큰딸인
내가 가장이 되었기 때문이다. 호랑이 굴속으로 들어가듯
한 발 한 발 살그머니 대문을 들어서니 오싹 소름이 끼쳤
다. 방과 마루는 인민병들의 구둣발로 짓밟혀 엉망이었고
문과 벽은 그들이 마구잡이로 긁어놓은 흑판이었다. 안방
으로 들어가 옷가지들을 챙겨가지고 나오는데 노상 누군가
뒤를 쫓는 것 같은 시선을 느낀 것이다.

무심히 장독대에서 된장, 고추장을 떠가지고 돌아선 나
는 숨이 멈춘 듯 소스라치게 놀라 발이 떨어지지 않았다.
순간 온몸에 소름이 돋았다. 거기 인민병 한 사람이 장대처
럼 서 있지 않는가. 그 뒤로 가을을 앞서와 핀 코스모스가
무더기로 흐드러지고 있었다.

해맑은 꽃빛에 반사된 그 얼굴이 병자처럼 창백했다. 괴
물 같은 얼굴인 줄 알았는데 순한 인상의 청년이었다. 그는
손에 분홍꽃 한 송이를 꺾어들고 나에게 건네면서 나직하게
속삭였다. "여성동무, 미안하외다." 그 낯선 평안도 사투리
와 푸른 빛 군복이 역겨워 도망치듯 대문을 빠져나온 나는

두방망이질하는 가슴으로 줄달음질쳤다.

설상가상, 무거운 짐 보따리를 이고 비지땀을 흘리며 가는 도중 폭격기를 만났다. 괴음과 함께 커다란 비행기 동체가 머리 위로 내려앉는가 싶어 잽싸게 어느 초가집 담 모퉁이에 엎드렸다. '따다타타 탕!' 고막이 터진 것 같아 나는 이제 죽었구나 하고 두 손을 가슴에 대고 심장의 고동소리만을 헤아리고 있었다.

얼마나 시간이 흘렀을까. 비행기가 사라지고 사방이 조용해서 살며시 눈을 떴다. 저만치 나뒹굴어진 보따리 너머에 코스모스 몇 송이가 비실비실 나부끼고 있었다. 나는 흙투성이의 옷을 털고 일어나 그 꽃을 꺾어들고 나도 모르게 흐르는 눈물을 손등으로 훔쳤다. 담 그늘에 겁에 질려 떨고 있는 가련한 꽃이 마치 내 모습 같았기 때문이다.

9월 하순으로 접어들자 인민병들의 수법이 더 악랄해졌다. 아버지를 총칼로 위협하며 연행해간 그들은 공장부지 땅속에 묻은 휘발유를 몽땅 착취해서 자기들 차에 채웠다. 그리고 전직 순경이던 삼촌을 자수하면 풀어주겠다고 수감하고 중학생 동생은 의용군으로 끌려갔다. 무언가 세상 돌아가는 것이 심상치 않아 목을 조르는 것 같은 불안감만 쌓여갔다.

운명의 9·28서울 수복의 날, 괴뢰군들이 그림자도 없이 철수해버린 황폐한 집에 돌아와 보니 어이가 없었다. 바닥이 난 금고와 광속 곡식들. 이를 악물고 분노를 참은 식구들이 묵묵히 대청소에 매달렸다. 쑥대밭이 된 정원, 장독대 옆 수도가에서 수도 없이 걸레를 빨던 나는 하나 둘 지고 있는 코스모스 밭에 눈길이 멎었다. 바람이 불 때마다 "미안하외다. 미안하외다." 하면서 꽃은 지고 있었다. 천인공노할 만행을 대신 속죄라도 하듯이.

아버지가 식음을 전폐하고 허탈감에 빠진 것은 재산을 몰수당한 것 때문만은 아니었다. 동생은 의용군 대열에서 천운으로 탈출하고 오빠는 초췌한 방랑자꼴로 쓰러지듯 집에 돌아왔지만 삼촌이 북으로 철수하는 인민군에게 무참히 학살당하고 만 것이다. 숙모는 만삭의 몸으로 땅을 치고 통곡했다. 부둥켜안고 함께 울면서 위로하던 내 가슴도 갈기갈기 찢어졌다.

해마다 가을이 되면 코스모스가 핀다. 그 설렘과 마주치면 그때의 일이 어제처럼 떠오른다. 그 인민병사도 살아있다면 나의 옛집 코스모스 밭을 기억하고 있으리라. 그 창백한 얼굴은 주름으로 덮여 그때의 횡포를 뉘우치며 용서를 빌고 있을 것이다.

그리고 60년, 긴 긴 세월 평화통일의 염원으로 길어진 목이런가. 오늘도 코스모스는 그 긴 목을 한들한들 하늘을 향해 나붓거리고만 있다.

(2010.)

나무에서 떨어진 원숭이

'이 바보 멍청이 등신.'

나도 모르게 실수를 저지를 때 나는 내 머리를 쥐어박으며 나 자신에게 호되게 욕을 퍼붓는다. 한번 실수에 크게 반성하지만 실수를 거듭할 때는 나 자신이 한심스러워 밉기까지 한다.

나는 항상 바쁘다고 허둥대며 실수투성이의 허점 많은 여자다. 매사에 용두사미 격으로 시작은 거창하나 마무리는 오리무중이다. 물건을 살 때 실컷 깎아 놓고 잔돈과 물건도 그냥 두고 온다든가, 열쇠를 밖에 꽂아놓고 연구실에서 글쓰기에 빠져 있다든가, 이러한 나를 보고 남편은 겉으로만 똑똑한 체 한다고 비웃는다.

나는 원숭이해 5월생이다. 그래서 원숭이의 습성을 닮은 것일까. 원숭이도 나무에서 떨어진다는 속담은 세상을 조심성 있게 살라는 교훈이어서 명심하게 된다. 수상(樹上)생활을 하는 원숭이는 채식 위주로 과일과 나무 잎사귀 등을 먹고 산다. 5월은 열매가 설익은 때라 이 나무에서 저 나무로 먹이를 찾아다니노라 원숭이는 바쁘다. 그래서 나도 항상 바쁘다.

원숭이는 잔꾀가 많고 사람 흉내를 잘내는 동물이라는 부정적인 면이 있다. 그래서 나는 어렸을 때 원숭이를 싫어해서 동물원에서 원숭이가 재주 부리는 짓을 보면 돌아서 버렸다. 왠지 내 모습을 보는 것 같아 창피하고 부끄러웠다. 또 저렇게 재주만을 믿고 날뛰다가 나무에서 떨어져 다칠까봐 조바심이 나기도 했다.

또 원숭이는 음양오행으로 가을을 의미하는 금(金)에 해당된다고 한다. 그래서 잘 익은 열매로 비유, 재주와 정이 많고 성실 영특하며 단장(斷腸)의 슬픈 고사처럼 자식 사랑 또한 끔찍한 동물이라는 긍정적인 면도 있다. 그리고 원숭이해에 태어난 사람들은 고독감이 잠재의식으로 가득해서 여행을 즐긴다고 한다. 그래서인지 나는 비교적 여행을 많이 한 셈이다. 따라서 여행지에서 실수도 많이 했다.

지난 1986년, 북해도에서 서화전시회를 마치고 귀국하기 전 친구와 둘이 동경에 들렀는데 예약 없이는 호텔 잡기가 어려운 곳에 가면서 나는 큰소리쳤다. 전에 투숙한 일이 있는 우에노 공원 근처 '법화(法華)클럽'이 떠올랐기 때문이다. 예약 없이도 투숙이 가능하고 할인까지 할 수 있다고 자신 있게 말한 것이다.

그런데 밤 10시경, 막상 그곳에 도착한 나는 황당했다. 불이 꺼진 건물 현관에는 수리중이라는 표적과 함께 문이 굳게 닫혀있지 않는가. 나는 깜깜한 건물 모퉁이에 친구를 기다리게 하고 근처의 호텔을 수소문하기 시작했다. 감미로운 이름의 아담한 호텔들이 많아 나는 이제 살았구나 하고 건물 하나하나 문을 두드렸다.

두어 군데에서 방이 있다며 주인이 유심히 나를 아래 위 훑어보더니 하룻밤 묵으려면 12시에 오라고 했다. 숙박료는 생각보다 쌌다. 12시까지는 2시간이나 남아있어 어떻게 할까 친구와 의논하고 오겠다고 밖으로 나왔다. 그런데 왜 12시에 오라고 하는지 도무지 영문을 몰랐다. 지금 당장 들어가 쉬게 해주면 오죽이나 좋으련만.

이 무지의 용감성, 사람은 아무것도 모르는 상태에서 부끄러운 언행을 서슴없이 하는 것인가. 내 기억에서 지워 버리고 싶은 낯 뜨거운 나의 행동, 그동안 다닌 곳은 다 젊은 연인들이 쌍쌍이 가는 러브호텔이었던 것이다. 그때 나는 거의 한 시간이나 추위에 떨고 있는 친구한테 연달은 실수를 사과하고 시내 번화가에 있는 관광호텔을 찾아가 겨우 노숙을 면했다.

용무를 마치고 귀국길에 또 실수를 저지르고 말았다. 배탈이 나서 기운 없는 친구의 짐까지 들어주며 나는 자신 있게 앞장섰다. 우에노 역에서 나리타 비행장까지의 전철표 두 장을 끊고 차가 왔기에 친구를 앞세워 서둘러 탔는데 이상한 예감이 들었다. 아니나 다를까 우리가 탄 차는 중간에서 V자로 갈라지는데 나리타의 반대방향인 지바 행 열차였던 것이다. 순간 아찔했다.

4시에 서울행 비행기를 타야 하는 내 가슴이 두 방망이질 했다. 이곳에서 내려 택시를 타자고 서두르며 친구의 손을 잡고 짐을 들고 일어서려는 우리를 본 승무원이 여기서 4번째 역에서 내려 공항행 전차로 갈아타는 것이 택시보다 빠르다고 일러 주었다. 또 고맙게도 갈아타는 지점에서 우리가 내릴 수 있도록 안내방송을 해주는 게 아닌가.

공항에 도착한 우리는 숨도 제대로 쉬지 못하고 수속을 마친 후 부랴부랴 비행기의 마지막 손님으로 올라탔다. 하마터면 놓칠 뻔 했던 아슬아슬한 곡예 탑승이었다. 나는 자리에 앉아 벨트를 매며 후유 한숨을 내쉬었다. 잔등이가 땀으로 홍건하게 젖었어도 기분은 상쾌하여 거듭 저지른 실수를 잘도 넘긴 행운에 감사할 뿐이었다.

계속 몸이 불편하여 말없는 친구는 눈을 가늘게 뜨고 나무에서 떨어진 원숭이를 밉지 않게 쳐다보고 있었다.

(1986.)

어떤 귀향(歸鄕)

─ 인연

김포공항은 비가 내리고 있었다. 나는 제주행 항공기에 몸을 싣고 하늘 높이 떴다. 기창을 때리는 비 때문에 밖은 아무것도 보이지 않고 다만 내가 물기어린 회색 공중에 뜨고 있다는 사실만 알 뿐, 촉촉하게 가라앉은 내 마음 한구석에 불안감이 고개를 들기 시작했다.

기체가 활주로를 박차고 하늘로 치솟는 통쾌감은 환상적인 흰 구름과 만났을 때에만 얻어지는 것을. 그 구름세계를 발아래 내려다보며 높이 날고 있다는 상승감은 지구의 중력을 벗어난 것 같은 상쾌함이 아니던가. 내 꿈이 뭉게구름 되어 퍼지는 그 신비의 세계를 감상하고 있노라면 비행공포증은 사라지는데 오늘같이 비 오는 날은 사정이 달랐다.

비는 더 세게 기창을 때리고 좌우로 기체가 흔들리자 불안감은 더해갔다. 기류관계로 기체가 동요하고 있으니 안전벨트를 맺는지 확인하라는 안내방송이 나왔다. 어질어질하고 매스꺼워 은단 서너 알을 입에 넣고 창밖을 응시, 날개 끝 몽롱한 불빛에서 조금은 위안을 받은 나는 눈을 감고 상념에 잠겼다.

고향으로 가는 길은 흔들림의 길인가. 바다 위 물살을 가르며 항해했던 통통배의 흔들림이 떠올랐다. 한국전쟁 1·4후퇴시 바람에 낙엽 하나 떠가듯 일주일 항해 끝에 닿았던 남쪽나라. 배멀미에 지쳐 휘청거리며 밟았던 고향땅은 별천지였다. 원시에의 회귀 같은 고향 나들이가 꿈처럼 아득하다. 바다에서나 하늘에서나 흔들리면서 찾아가는 신비의 섬, 제주.

내 진정한 고향은 어디일까 생각에 잠긴다. 전주에서 태어나 자랐지만 부모님께서 태어나신 제주에 끌리는 것은 제주 고(高)씨의 뿌리가 살아있기 때문이리라. 그때의 고향 땅에는 모진 비바람에도 의연한 돌덩이처럼 어디를 가나 기근을 이겨낸 강인한 섬사람들의 의지가 깔려있었다. 좁쌀밥 한 덩이를 나누어주던 따뜻한 마음씨가 마치 하늘과 바다처럼 푸근했다.

그때, 그 넓은 바다는 내 꿈의 상처를 치유해 주고 전설이 스며있는 바위에 앉아 김을 뜯으면서 저 멀리 뭉게구름 피어오르는 수평선을 바라보며 얼마나 위안을 받았던가. 항상 울고 있는 소라, 내일을 잃어버린 채 멍하니 정박하고 있는 낡은 통나무배에서 느낀 어떤 신비스러움이 오늘날, 내 가슴에 영원한 고향의 향수로 젖어 나를 일깨우고 있는 것이다.

사람들은 어쩔 수 없이 세월의 수레바퀴 따라 정신없이 돌다가 어느 날 문득 자신을 돌아보고 부모님을 그린다. 세월이 익어버린 짙은 고목 그늘에 가려진 고향을 찾아가고 싶어진다. 거짓말 같은 이순(耳順)의 문턱에 선 내 마음이 왜 그리 허전한지. 사무치게 부모님이 그리울 때 먹을 갈아 붓글씨를 써보지만 이따금 훌쩍 하늘을 날아 떠나고 싶은 것이다.

제주가 가까워오니 비가 그쳐 하늘이 맑아지고 멀리 바다가 아른거렸다. 비행기가 착륙을 시도하면서 저공비행을 하니 한 장의 그림엽서처럼 단아한 시가지가 눈앞에 펼쳐졌다. 이제 이곳은 국제공항으로 탈바꿈하면서 세계적인 관광지로 놀라운 발전을 하였지만 그보다도 모든 문화 행사가 활발하게 움직이고 있다는데 그 의의가 컸다.

나와 붓으로 맺은 인연이 예사롭지 않은 제주, 지난 83년, 나는 이곳 출신 해정스승의 문하생으로 '상균서예전'을 가진 이래, '88서울올림픽 성화맞이' 기념미술전에 초대되고 금년 1월, 3번째 개인전을 고씨종문회 후원으로 제주문예회관에서 열었다. 그때, 내 작품을 유심히 바라보던 참한 인상의 전윤희라는 40대 주부가 붓글씨를 배우고 싶다고 다가와 간청하는 게 아닌가.

그것이 인연이 되어 한 달에 한번, 세종 서실의 초대 강사로 고향에 오게 된 것이다. 이것은 하늘의 뜻이고 아버지의 뜻이라고 여겼다. 한편 내게 주어진 일을 내가 할 수 있을 때 최선을 다하는 것은 내 생활 신조이기도했다. 어떤 의무감을 느끼면서 즐겁게 2박3일 일정으로 이곳에 내려와 젊은 주부들에게 붓글씨를 가르치는 것이다.

공항 밖으로 나오니 비에 말끔히 씻은 얼굴로 반겨주는 야자수와 귤나무들, 상큼한 오렌지 향기 속 공기가 달다. 나는 곧바로 신산공원 쪽 서실을 찾아가 묵향 가득한 서실에 모인 회원들과 반갑게 만나 모두 진지한 태도로 붓을 들었다. 한쪽에서는 노트와 펜을 들고 글짓기를 배우고 싶은 회원들이 있었는데 해맑은 얼굴의 고미선과 그 친구들이었다.

서예와 수필 강좌. 더 큰 내일을 꿈꾸는 순박한 이 땅의 젊은 주부들에게 나는 무엇을 심어줄 수 있을까. 교단에 선다는 것은 교학상장(敎學相長)으로 가르치면서 서로 배우는 것. 나는 열심히 공부하는 그녀들이 장차 대목으로 자랄 가능성을 발견하면서 그 학구열의 활력을 이어받으며 피곤함도 잊고 공부하는 시간이 길었으면 하고 바랄 뿐이었다.

고향의 하루해는 왜 그리 짧은지. 창문으로 멀리 아른거리는 바다가 벌써 저녁노을에 물들고 있다. 밀려오는 어둠 속에 흔들림의 피로가 온몸을 덮으면서도 어떤 깨달음으로 나는 마냥 즐겁기만 했다. 내 작은 힘이 내일의 제주를 이끌어갈 젊은 주부들을 깨울 부싯돌이 되어 장차 큰 불꽃을 피울 수 있다면 그 이상의 바람이 없어 큰 보람을 느낄 뿐이다.

(1992.)

가람 선생과 아버지

거실 창문을 여니 아침 햇살이 따사롭다. 베란다에서 미소 짓는 난분이 나를 반기는 아침. 난잎을 닦고 있으니 가람 선생의 수필 〈풍란(風蘭)〉이 떠올랐다.

풍란에는 웅란(雄蘭), 자란(雌蘭) 의 두 가지가 있다. 이는 웅란이다. 자란은 일찍이 안서(岸曙)의 집에서 보았는데 이보다 잎이 넓적했다. 이 웅란은 고경선(高京善) 군이 제주에서 가지고 온 것이다. 이 웅란은 난 중에서도 가장 진귀한 것이다.
　-가람 수필 〈풍란〉 중에서

고향 전주 양사재(養士齋)에 기거하시던 가람 선생께서는 제주도에서 아버지가 가지고 온 풍란을 선물 받아 애지중지 키우시고 흰 꽃이 벌어지던 날, 그 향기에 취하여 등불을 켜고 시 한 수를 지으셨다.

잎이 빳빳하고 오히려 영롱하다
썩은 향나무 껍질에 옥 같은 뿌리를 서려두고

청량한 물기를 머금고 바람으로 사노니

꽃은 하이하고도 여린 자연(紫煙) 빛이다
높고 조촐한 그 품(品)이며 그 향을
숲 속에 숨어 있어도 아는 이는 아노니

난을 바라보며 이 시를 음미하니 두 분의 짙은 정분이 난 향으로 퍼져 눈시울이 젖는다. 풍란으로 더욱 돈독해진 두 분의 우정이 한 편의 수필 속에서 시 한 수로 승화되어 지금 내 가슴을 울리니 명작은 언제 읽어도 난처럼 향기롭다.

가장 감수성 빠르고 꿈 많던 사춘기 시절, 아버지 정성이 스며있는 정원에 가득한 나무들과 화초들은 계절이 바뀔 때마다 아름다운 변화를 주며 내 마음을 적셨다. 특히 난초에 대한 애정이 대단하셔서 뜰 입구에는 수십 종에 이르는 난분이 가지런히 놓여 있었다.

육영사업에 뜻을 두어 전북대학교의 설립에 한 주춧돌을 놓은 아버지께서는 시, 서, 화를 즐기시고 양란에도 조예가 깊으셨다. 이런 연유로 대학에서 문학 강의를 하시는 가람 이병기 선생과의 교분이 두터워 애주가인 선생하고는 며칠이 멀다하고 어울리셨다.

특히 난꽃이 피면 난초 분을 사랑방에 들여다 놓고 가람 선생을 모셔왔다. 두 분이 마주앉아 난 향기 속에서 매실주 술잔을 기울이면서 세상 돌아가는 얘기며 시조 이야기에

꽃을 피우셨다. 매실주 한 주전자를 비우고 더 청하실 때쯤이면 흥이 오른 두 분께서는 목청을 돋우고 시조를 읊으시곤 하셨다.

가람 선생의 텁텁한 목소리가 아버지 목소리보다 커서 언제나 튀어나왔지만 듣기 싫지 않은 2중창이었다. 겸손하신 아버지는 고명한 손윗분에 대한 예의로 한 발자국 뒤로 물러나 계시는 것 같았다. 가람 선생은 홍당무가 되도록 상기된 얼굴로 독무대처럼 한껏 목청을 뽑으셨다.

나는 문밖에서 매실주와 안주 접시를 들고 들어오라고 하기만을 기다리며 두 분의 말씀에 귀 기울였다. 문학 이야기가 듣고 싶은 것이다. 기다리다 못해 들어간 나는 빈 술 주전자를 바꾸어 놓으면서 머뭇거렸다. 이러한 나를 바라보시며 "임순이는 문학을 한다고 했지. 무어 시인이 되고 싶다고?" 하시더니 말을 이으셨다. 그 너절한 시인일랑 되지 말고 난향같이 고결한 문학인이 되라고.

내가 꿈꾸던 문학은 무엇인가. 사람은 어떻게 살아야 하는가. 꿈도 많고 하고 싶은 것도 많아 방황했던 시절, 난향처럼 고고하게 살아야 한다던 두 분의 말씀만이 귓전에 남아 나를 깨우곤 했다. 두 분의 목소리를 되살리며 난향 같은 삶이 무엇인가 곰곰이 생각해본다. 그렇게도 하고 싶은 문학, 수필의 길을 걸어온 삶을 난과 이어보고 싶은 아침이다.

화려하게 꾸민 큰 집보다 두실와옥(斗室蝸屋)이라도 고서 몇 권과 난초 두어 분, 그리고 그 사이에 술병이나 한 병 두었다면 삼공(三公)을 바꾸지 않는다고 하신 가람 선생의 삶이 바로 난 같은 삶이 아닌가. 한국시조에 중흥적 공로를 끼친 우리 시단의 거벽, 시조의 고루한 구투를 타파 새로운 주제, 형태, 표현의 자유를 추구, 시조 자체의 부흥과 시조가 현대시와 맞서기 위한 과감한 시도를 한 선생은 많은 명시조 외에도 방향 짙은 수필과 논문 저서를 남기셨다.

고서화 감상을 즐기시던 아버지는 이름 석 자 드러내지 않으시고 고서와 서화작품이 둘러진 사랑방에서 조용히 한시를 지으시고 붓글씨를 쓰셨다. 사업에서 이룩한 재물을 가꺼이 육영사업에 헌납하시고 항상 불우한 사람들 편에 서서 따뜻한 마음 베푸시던 아버지. 이렇게 자녀들에게 무언의 교훈을 남기신 아버지의 인품이 난향처럼 풍겨나는 아침.

빵은 육체나 기를 따름이지만 난은 정신을 기른다고 하신 두 분의 말씀은 지금까지 살아오는 동안 나를 일깨워준 말씀이 아닌가. 오늘 아침 난향은 더욱 짙게 가슴으로 스미며 나를 놓아주지 않는다. 내 곁에 난분이 있는 한 문학은 영원하고 가람 선생과 아버지의 목소리는 생생하게 살아나 나를 감싸주고 있다.

(1994.)

반달

7월 7석. 은하수를 가운데 두고 견우, 직녀 두 별이 오작교에서 만난다는 날, 눈물이 비가 되어 내린다는데 밤하늘에는 반달만이 희미하게 떠있을 뿐, 별은 보이지 않았다. 몽롱한 달무리 언저리에 옛이야기들이 환상적으로 피어오르며 나를 자꾸만 옛날로 밀어냈다.

어머니의 얼레빗 같은 반달. 아침마다 경대 앞에서 쪽을 푸신 어머니는 앞가르마 양쪽으로 길게 늘어뜨린 검은 머리를 빗으셨다. 숱 많은 머릿결에 줄무늬처럼 성긴 빗살을 지며 내려가던 얼레빗. 뒤따라 나도 그 빗으로 단발머리를 빗으면 동백기름 냄새가 어머니 체취처럼 풍겼다. 그 시절이 달빛 속에 아련히 떠오른다.

반달을 얼레빗으로 표현한 기발한 발상은 바로 500년 전 천재시인 황진이의 뛰어난 재치다.

誰斷崑山玉 裁成織女梳 牽牛一去後 愁擲碧空虛
뉘라서 둥근 구슬을 끊어서 직녀의 얼레빗을 만들었나.
칠월 칠석 임이 떠나고 시름처럼 푸른 하늘에 떠있네.

〈반월(半月)〉이라는 그의 오언율시가 달빛을 타고 내 가슴으로 흐른다. 더위에 지친 메마른 감성이 촉촉하게 젖어 온다. 이 시를 애송한 나머지 나는 붓을 들어 한시는 예서체로, 한글 번역시는 고체로 써서 거실에 걸어놓고 감상했다.

인생 80고래희로 볼 때 시인은 40고개에서 삶을 마감했으니 꼭 인생의 반을 산 셈이다. 그의 출생과 죽음은 달무리처럼 신비의 베일에 가려서 전설처럼 남아있을 뿐이다. 그에게는 언제 어떻게 태어났고 언제 어떻게 죽었느냐가 중요하지 않다. 다만 어떻게 살다가 어떠한 명시들을 남겼느냐가 더 중요하기 때문이다.

15세기 조선조 중종 시대, 그 당시 서녀로 태어난 시인은 사회에서 소외된 관 기녀에 불과한 신분이었다. 그러나 과감하게 남성사회에 뛰어들어 젊음과 문학예술을 마음껏 꽃 피운 삶을 누렸던 것이다. 당대 저명한 시인 묵객들과 자유롭게 교류하면서 연회석이나 풍류장에서 즉흥적으로 읊어낸 해타지시(咳唾之詩)들. 지금 시조 6수와 한시 7수가 남아 우리 심금을 울려준다.

그의 시조는 형식의 구속감을 벗어나서 수필 쓰듯 막힘 없이 심정을 토로, 많은 사람의 공감을 얻고 있다. 특히 한시에 있어서 더욱 호방하고 웅장함을 보여주고 있다는 정평이다. 남성 중심의 논리를 흔들어 놓는 자유분방하고 솔직한 감정 표현의 시들은 규방문학과는 전혀 다른 느낌을

준다.

황진이는 용모가 빼어날 뿐 아니라 총명하여 서사(書史)에 정통하고 그녀와 더불어 송도 3절로 꼽힌 서경덕에 사숙하여 당시(唐詩)를 전공한 재원이었다. 그리하여 창작에 몰두, 세련되고 완숙한 언어구사로 자유자재 예술적 재능을 십분 발휘했던 것이다. 그 원동력은 자연과 인간에서 얻어 자연을 꿰뚫는 힘이 시 예술로 승화된 것이리라.

나약한 여자의 몸으로 금강산에서 지리산까지 편답하면서 산수에 놀며 시 창작에 전념한 그의 마음은 호탕한 남성이었다. 방방곡곡 깊은 산골짝까지 발 닿지 않는 곳이 없을 정도로 심취한 자연 탐구는 인간 탐구로 이어져 그 천재적 문기(文氣)는 자연 갈고 닦여졌으리라.

특히 엄격한 가부장제의 규율에서 벗어난 적극적이고 자유분방한 의식 세계는 성의 해방을 부르짖기에 이르고 그 포괄적인 사유의 세계는 남성들과의 교류를 통해 그만의 독특한 시 세계를 완성시킬 수 있었다. 여인들의 생활 자체가 억압되어 자기 말과 글을 지니지 못한 채 살았던 봉건사회에서 그는 이렇게 당당하게 자기 언어를 통해 내적 욕망을 분출시켰던 것이다.

쾌락과 애수의 시인. 남녀의 사랑 속에는 반드시 일종의 반역이 있다. 그 반역 속에는 전율 같은 쾌락과 함께 이별의 애수도 수반되리라. "님은 떠나고/ 시름처럼/푸른 하늘에/ 떠있네." 떠나간다는 것은 이별이고 죽음이다. 죽음의 응시, 죽음과의 대결에서 그토록 강한 열정이 솟구치는 것일까. 도통한 사람의 호수같이 깊은 명상 속에 침전되고 있는 것. 그의 욕망과 향락의 불길은 필경 죽음과의 마주침에서 발산됐다고 보아도 좋을 것이다.

진정한 시인은 말을 탄생시키고 죽는다. 작품의 완성이란 작가의 죽음이다. 죽음을 두려워하지 않고 창작되는 작품이야말로 참된 가치가 있는 것이 아닐까. 순수하게 쏟아부은 삶에 대한 열정과 죽음에 대한 초연함으로 의지와 정회가 굽이치는 작품들. 그가 이처럼 정감어린 시들을 남길 수 있었던 것은 슬기롭고 현명한 자유인으로 한껏 삶을 누렸기 때문이리라.

밤은 점점 깊어만 가고 반달은 어느덧 나뭇가지 저편으로 흘러가고 있다. 밝아올 내일을 향해서. 누구보다도 호화로웠던 반생이었지만 시름이 떠나지 않았던 그는 이 시에서도 "반달이 시름처럼 푸른 하늘에 떠있네"라고 노래하고 있다.

반달에 있어 푸른 하늘은 무엇일까. 어둠이 아닌 밝음이고 그것은 영원으로 이어질 내일이 아니겠는가. 그래서 시인 황진이는 지금 저 반달 속에 살아서 나를 비치고 있는 것이다.

(1995.)

무(舞)

어릴 때부터 노래와 춤을 좋아해서 곧잘 집안 식구들 앞에서 재롱을 부렸다. 그것이 특기가 되어 초등학교에서 고등학교 시절까지 학예회 때마다 무대를 누볐다. 방학이 되면 특별 지도를 받고 서울 무대까지 진출하여, 한 때는 무용가로의 꿈을 꾼 일도 있었다.

그런데 나는 지금까지 동적인 무용보다 정적인 수필쓰기와 붓글씨 쓰기로 세월을 불사르고 말았다. 그래서 이따금 먹을 갈아 춤 무(舞)자를 쓰면서 춤에의 향수를 달래며 놓쳐버린 기차 뒤꽁무니를 바라보듯 멍하게 앉아 있곤 했다. 한문 초서로 풀어쓴 '舞' 자를 가만히 바라보노라면 춤에 대한 환상에 사로잡히고 마는 것이다.

붓에 먹물을 듬뿍 찍어 일필휘지로 맥락을 이으면서 15획을 유연하게 풀어쓰다가 마지막 노(弩)획은 위에서 아래로 힘차게 내리긋는다. 묵선의 강약으로 자연스럽게 이루어진 갈필로 춤의 리듬이 살아난 글씨는 마치도 한쪽 까치발로 서 있는 발레리나를 연상하게 했다.

나는 그동안 흙을 상징하는 갈색 화선지에 '舞' 자를 여러

각도로 연구해 써보았다. 송나라 황정견(黃庭堅)의 필의(筆意)를 담아 연구한 작품을 개인전 때 출품했는데 반응이 좋았다. 한자는 대부분 상형문자여서 사람들에게 그 뜻이 그대로 전달되어 이해하기 쉬웠다. 또 우리 한글 궁체의 '춤'자도 흘림체로 풀어 쓰면 흡사 춤추는 모습 같아 그 자형에서 꿈틀거리는 율동미를 느낄 수 있다.

춤은 육체를 매체로 삼아 희로애락의 감정과 사상, 정서 등을 율동적으로 나타내는 행위로 육체의 꽃이라 할까. 손끝에서 발끝까지 온 몸으로 감정의 움직임을 표현하는 춤사위는 활짝 핀 꽃이 나비를 부르듯 환상적이어서 매료되고 마는 대상이었다.

〈백조의 호수〉〈호두까기인형〉의 무희들은 청초한 백합꽃 같고, 원삼 족두리에 버선발로 우리 전통 춤을 추는 고전 무용가의 모습은 탐스런 모란꽃에 비유하고 싶다. 그 꽃의 의미는 아름다움 이전에 살아 있음의 생동감이고 열정의 숨결로 내뿜는 향기를 말함이리라. 그 속에는 항상 일관된 동경이 있어 이것이 춤의 꿈일 것이다.

내가 더 춤에 관심을 갖게 된 것은 10대 무렵, 미역국과 우유가 든 주전자를 들고 산 밑 한증막으로 찜질하는 어머니를 찾아 갔을 때였다. 온 몸이 땀으로 젖은 어머니는 미역국을 훌훌 마시고는 다시 거적을 쓰고 굴속으로 들어가시는 게 아닌가. 폭삭 타버린 생솔가지 냄새가 진동하는 굴속에서 저렇게 땀을 흘려야 산후병이 낫는다니, 신기하기만 하고 모두 원시인들 같았다.

그러던 어느 날, 나는 아주 흥미 있는 광경을 목격했다. 한증막에서 나온 어떤 할머니가 빨갛게 익은 몸에 흰 수건을 두른 채 경직된 얼굴로 더덩실 춤을 추는 게 아닌가. 수건 밑으로 드러난 구릿빛 다리를 구부리고 펼 때마다 늘어진 젖무덤이 흔들거렸다. 그런데도 아랑곳없이 신명나게 춤에 빠져들고 있는 이 토속적인 반라의 춤에 나는 넋을 잃고 말았다.

나중에 어머니 말씀이 그 할머니는 남편과 사별하자 외아들마저 병으로 잃어 한(恨)이 많은 여자라 했다. 그때는 한이 무엇인지 몰랐지만 나중에 알게 되었다. 할머니의 막춤은 서민의 삶 속에 뿌리내려 살아있는 애환의 몸동작으로 몹시 처절하게 슬펐다는 것을. 그 춤의 묘한 매력 때문에 나는 자주 굿판을 기웃거리게 되었다.

호기심이 남 달랐던 나는 두두 둥, 북소리와 함께 징 치는 소리가 나면 잽싸게 그곳으로 뛰어갔다. 많은 사람들로 웅성거리고 있는 어른들 사이를 비집고 들어가 맨 앞에 자리를 잡고 앉아 구경했다. 삶은 돼지머리와 칼이 꽂힌 떡시루판 앞에서 무당의 주술에 따라 두 손을 비비며 소원성취를 비는 주인 모습이 얼마나 애절한지, 그렇게 빌다가 마침내는 무당을 따라 껑충 껑충 뛰면서 구슬땀을 흘리며 춤을 추는 게 아닌가. 이 춤이 굿판의 하이라이트였다.

굿판이 무르익으면 구경꾼들도 나가 장단에 맞추어 춤을

추었다. 돼지 입에 지폐를 물리고 흥이 오르면 손가락에 낀 금반지도 빼어주고 신바람 나는 춤사위로 바뀌었다. 제각기 가진 것을 다 털어 내놓고라도 가슴에 맺힌 한을 풀기 위한 이 격렬한 몸짓. 이러한 즉흥적 독무(獨舞)들은 종국에는 호흡들이 하나가 되는 군무(群舞)가 되어 절정을 이루었다.

지금도 나는 붓을 들어 '舞' 자를 써서 들여다보면 전설 같은 그 시절이 떠오른다. 반라의 할머니 춤과 껑충껑충 뛰던 무당춤, 그리고 군중들의 살풀이춤이 무성영화의 한 장면처럼 눈에 선하여 그 리듬이 마구 가슴을 흔들어댄다. 백 마디 말로 표현할 수 없는 서민들의 한과 가슴에 맺힌 응어리를 풀어버리던 무아지경의 그 맹렬한 생동감이.

삶의 애환과 고뇌를 수필이라는 그릇에 담아내는 글쓰기. 그리고 먹빛과 묵선으로 심혼을 토로하며 솔직 담백하게 감정과 의지를 드러내는 붓글씨 쓰기. 명수필을 읽으며 춤의 리듬 같은 박진감 넘치는 생명력을 이어 받을 때 기쁨이 솟는다. 명필을 감상하면서 춤 같은 강렬한 율동미를 발견할 때도 삶의 환희를 느낀다.

그러한 수필을 쓰고 싶다. 그러한 붓글씨를 쓰고 싶다. 눈으로 감상하고 가슴으로 느끼는 공간예술인 춤의 리듬이 깃들인 작품을. 모든 예술의 뿌리는 하나이므로.

(1994.)

해빙기(解氷期)

4월의 나이아가라 폭포는 울고 있었다. 하얗게 부서지는 폭포수는 바람에 날리는 휘장처럼 강으로 쏟아져 내리는데 강물에는 바위 같은 얼음 덩어리가 좌우로 몸부림치며 통곡하고 있었다. 폭포수와 얼음 덩어리의 만남, 이 둘은 같은 물의 속성을 지녔음에도 하나가 될 수 없다. 물은 물대로 얼음은 얼음대로 제각기 자기주장을 하고 있으니 말이다. 물과 얼음은 융화될 수 없는 운명인가.

이 광경을 물끄러미 바라보던 나는 한 생각에 잠겨 어떤 변화를 꿈꾸는 마음이 떠올랐다. 변화란 얼마나 신선한 놀라움인가. 예술혼을 불사르는 인간의 의욕과 원수마저도 용서하는 뜨거운 사랑은 이 세상 모든 것을 변화시킬 수 있다. 절실하게 변화가 필요할 때임을 느낀다. 내 마음에도, 글쓰기에도.

의욕과 사랑은 인간의 순수한 욕망과 본능이 아닌가. 살아있는 한 우리 가슴에서 끊임없이 용솟음치는 이 물줄기는 마치 뇌우의 강타 같은 폭포수로 얼음 덩어리를 부숴버려야 한다. 그리하여 강물을 이루며 모든 것을 감싸안고 도도하게 흘러가야 한다.

사방으로 눈을 돌리니 이국의 자연 풍광이 참으로 신비스럽다. 위대한 조물주의 섭리로 가득한 온 누리, 금방 비가 내릴 것 같은 하늘에는 연회색 구름이 환상적으로 흘러가고, 발가벗은 나뭇가지 끝자락이 아지랑이 피듯 가물가물하다. 가지 끝에 잉태된 푸른 싹이 움트려는가. 뿌연 안개처럼 눈앞에 아른거린다.

어디선가 봄이 다가오는 소리가 들리는 것 같다. 겨울에서 봄으로 오는 길목에서 마음의 눈을 크게 떠본다. 보이지 않는 것을 찾아보고 싶은 내 눈에 겨울에 볼 수 없었던 것이 비치기 시작했다. 흑백 풍경에 색칠을 해보니 푸른 잎무성한 그 여백에는 노도(怒濤)의 굼틀거림이 마치 붓끝으로 내휘두른 초서체인 양 비상하고 있는 듯 했다. 끝없는 상상력은 나를 이 세상 끝까지 밀고 가렴인가, 겨울 자락이 걷히려는 대자연, 캐나다와 미국의 국경지대에서 물씬 풍기는 이국정취에 취해 본다.

드디어 하늘에서 진눈깨비와 함께 빗방울이 떨어지기 시작했다. 쌀쌀한 강바람이 가슴속을 우벼파고 들어온다. 설레던 마음이 어린 아이처럼 자꾸 떨리는 것은 추워서만은 아니고 나도 모르게 서글퍼져서 눈물이 솟아났기 때문이다. 오직 저 얼음덩어리를 녹이고 싶은 마음만이 뜨겁게 달아올랐다.

인간은 언젠가는 누구나 다 이 세상을 떠나간다. 그런데 사람들은 그것을 의식하지 못하고 살아가고 있다. 저 얼음 덩어리도 지금 조금씩 녹아들면서 마침내 물이 된다. 그러나 그 변화를 모르고 서로 으르렁거리고만 있다. 이 세상 모든 것이 변화되어 가면서도 그 사실을 모른 채 모두가 내일을 모르는 오늘을 살고 있는 것이다.

삶과 죽음, 사랑과 미움, 양과 음, 동과 정, 물과 얼음, 어쩌면 이 대립은 극과 극이면서 언젠가는 하나로 융화되는 것이 아닐까. 그것은 시간만이 해결해줄 것이다. 아픔을 참고 견디며 기다리는 시간만이 대립을 허물고 침전된 앙금이 사랑으로 농익어 흘러갈 것이다.

우리는 살아가는 동안 이 폭포수처럼 오직 한 사람에게 온 정성을 쏟아 붓는다. 이 한 사람으로 인해 우리는 얼마나 사색하고 고뇌하며 많은 글을 썼던가. 그것이 휴지가 되어 사라진다 해도 쓰고 버리고 또 썼다. 먹고 살기 위함도 아니고 도리어 먹고 살기에는 방해가 되었을 글쓰기를 그저 쓰고 싶은 의욕 하나로 멈추지 않았다. 이 모두가 종국에는 나를 살리는 한 사람 때문이다. 인간은 죽을 때까지 애정에 목마른 갈대가 아니던가.

오직 내가 찾고 싶은 한 사람, 그것은 바로 진실이다. 그래서 살아있는 동안 이 진실을 위하여 모든 작가는 글쓰기를 포기하지 못하는 것이다. 밤낮으로 부서져 내리는 저 폭포수처럼 한 가지 생각에 몰입하여 내 살을 깎으며 무엇인가 쓰지 않고는 못 배기는 글쓰기. 우리 가슴에 타오르는 열정 없이 한 편의 글은 태어나지 않는다.

얼음이 녹는 계절 앞에서 인간과 글쓰기 생각에 잠긴 나는 내 가슴에 응어리진 증오심이 조금씩 풀어지고 있음을 느꼈다. 영국 시인 매슈 아놀드의 자연관 앞에 굴복해본다.

인간은 자연이 가진 모든 것을 가지고 있고 그 이상을 가지고 있음을 알라.

그 이상의 가짐 속에는 모든 인간의 선한 희망이 들어있다.

나의 선한 희망은 무엇인가. 바로 변화가 아닌가. 변한다는 것은 새 사람이 되는 것이고 어제의 나를 이기고 안식을 얻는 일이다. 그것이 나의 축복의 삶이다. 시간을 참고 기다릴 줄 아는 사람은 얼마나 현명한가. 때가 되면 저 얼음은 녹아 물과 하나가 될 것이고 내 사랑은 원수를 용서하고 한 편의 글을 쓸 수 있게 될 것이다.

그때, 저 하늘에는 5색 무지개가 뜨리라.

(1997.)

386세대

― 아들생각

시대의 어둠을 넘어 오늘 세상의 중심으로 나온 한국의 주력인 386세대. 그들은 30대 나이에 대학 80년대 학번으로 60년대 출생의 젊은이들이다. 그들의 어머니들은 8·15 광복을 맞던 소녀가 꽃다운 나이가 되어 6·25를 이겨냈고, 4·19와 5·16을 겪고 자녀를 낳아 키우면서 오늘에 이른 653세대들이다.

'수는 원형(原型)'이라고 칼 융이 말했듯이 역사적 사건의 기록인 연대와 월일의 숫자가 그 당시의 근본이념과 정신이 되어 우리 뇌리에 뿌리박혀 지워지지 않고 있다. 숫자란 매우 묘한 것이어서 아무 개성도 없는 386이라는 숫자가 어느 날, 신문지상에 기획 취재된 후부터 아들을 상징하는 신비한 숫자로 드러나 나를 사로잡았다.

1980년대 신군부 정권 아래 대학에 들어간 아들 형제의 나이가 벌써 37세와 35세로 접어들고 있다. 억압적 분위기 속에 대학생활을 보내며 좌절과 상실의 아픔을 이겨냈던 주인공들, 그 뜨거운 열정으로 변혁의 세상을 꿈꾸며 고뇌하던 그들은 동시에 6·29와 88올림픽 등을 거치며 민주화로 고속 성장의 성취감도 맛본 세대이기도 하다.

이 세상 모든 어버이들은 아들 딸 잘 키워 대학 관문을 뚫고 나면 일단 한시름 놓는다. 악전고투 끝에 잡은 공을 골대에 집어 넣고 잠시 승리감을 맛보는 농구선수처럼. 그러나 대학생활 4년이 살얼음 딛는 긴 세월이었던 것은 비단 나 혼자만이 아니었을 것이다. 아들이 지향하는 저 높은 곳을 바라보기만 할 뿐 그 패기를 긍정적으로 평가하면서도 과격한 행동을 제지하는 용기가 필요했던 시절. 나는 어머니로서 능력의 한계를 느끼지 않을 수 없었다.

법대 학부를 마친 큰아들은 곧바로 사시 공부에 몰입했다. 매일 내 정성이 담긴 도시락 두 개를 들고 집 가까운 연세대 도서관에 가서 하루 종일 책과 씨름하다 돌아오면 또 묵묵히 책상 앞에 앉았다. 이러한 아들에게 아무 말이 필요 없었던 나는 필승(必勝)이라는 붓글씨를 써 책상 앞에 붙여주고 밤참으로 건강식을 만들어주며 격려했다.

경제학부 재학 중인 작은아들은 형과는 달랐다. 어디를 쏘다녔는지 바지와 신발은 흙투성인 채 늘 불만스런 얼굴로 투덜거리기 일쑤였다. 저녁을 먹을 때도 갑자기 주먹으로 식탁을 치며 "올바르게 살자"고 큰 소리를 질러 식구들을 놀라게 했다. 그럴 때마다 나는 지금의 투지와 정의감을 졸업 후 학문으로 성취하라고 타일렀다.

어둡고 우울했던 회색빛 캠퍼스가 흑백영화의 낡은 필름처럼 떠오른다. 무장 사복 경찰관에 끌려가는 친구들을 보고 격분한 학생들과 전투경찰과의 싸움은 시작되었다. 최루탄을 쏘고 곤봉을 휘두르며 맹수처럼 달려드는 긴박한 상황에서 학생들이 돌과 화염병을 움켜쥔 것은 조건반사적이었다. 반항, 투신, 분신, 정의에 불타는 젊은 혈기를 그 누구도 잠재울 수 없었다. 격전이 끝난 연세대학교 앞길, 어지럽게 널린 벽돌조각과 돌멩이, 화염병 조각, 최루탄 탄피 속을 코를 막고 눈물 흘리며 지나가던 나는 아들들을 생각했다. 이 소요 속에서 제대로 공부가 됐을까. 교문 옆 담 밑에 주저앉아 땅을 치며 통곡하고 있는 어떤 어머니를 붙들고 함께 실컷 울고 싶은 심정이었다.

그 무렵이었다. 사복형사가 작은아들 뒤를 그림자처럼 따라다닌 것은. 운동권 핵심인 같은 과 친구와 구로구청 방화범인 단짝 친구의 행방을 찾기 위함이었다. 그때 박종철 고문 치사사건이 터져 술렁이고 있었기에 나는 잠시도 마음을 놓을 수가 없었다.

그 후로 아들은 방에 틀어박혀 책읽기에 빠져들기도 하고 컴퓨터에 매달리는 날이 많아졌다. 용돈으로 빵, 주스를 사들고 구속된 친구를 찾아다니고 광주 망월동 묘지를 다녀오기도 했다. 노동자같이 허술한 잠바에 구두창이 닳아 빠진 구두를 질질 끌고 다니면서 친구들을 격려했다.

불안과 초조한 나날이 이어지는 가운데 아들들 앞에 큰 시련이 닥쳤다. 큰아들이 1차 사법고시에서 고배를 마셨고, 작은아들은 학사징계를 받은 것이다. 이 충격으로 실의에 빠졌지만 나는 두 아들의 실추를 사회 불안의 원인으로 돌렸다. 진정한 가능성은 반드시 전화되어 현실성이 될 수 있다고 믿었기에 위로와 격려로 두 아들을 감싸주었다. 힘을 얻은 아들들도 이를 악물고 이 역경을 재기의 밑거름으로 삼아 이겨낼 수 있었다.

한 가지 목표를 향해 분투노력한 시간들, 앞서거니 뒤서거니 목표한 과정을 이룩한 두 아들은 군 복무를 마치고 각기 적성에 맞는 일을 찾아 나섰다. 그리고 배필을 만나 가정을 이루고 살면서 제각기 자기 전공분야에서 열심히 일하고 있다.

밤 10시가 넘어서야 귀가한다면서 두 아들한테서 안부전화가 걸려온다. 각각 김앤장 변호사 사무실과 울산대학 사회학과 연구실에서. "건강 조심하고 어서 집에 가 쉬어라" 하고 아들 목소리에 답하면서 마음은 항상 아들 곁에 머문다.

어제 받은 작은아들의 책 ≪도시와 공동체≫를 펴본다. 한 장 한 장 넘기는 책갈피 속에 아들의 오른손이 아른거렸다. "타는 목마름으로 민주주의여 만세!"를 부르짖으며 돌을 움켜쥐고 어디론지 사정없이 던져버리고는 허공에 휘두르던 손. 지금 책갈피마다에 그 돌들이 날아와 박히고 아들의 고뇌와 절규가 언어가 되어 되살아나는 게 아닌가. 386세대 두 아들의 희망이 물거품으로 끝나지 않았음이 대견스러워 감사하는 마음으로 가슴 뿌듯하다.

(1999.)

2부

내 안의 파랑새

대숲에는 바람이

또 한 해가 간다. 가는 해를 보내는 아쉬움과 새해를 맞는 설렘이 교차하는 세모의 서실에서 먹을 갈면서 감회에 젖는다. 불현듯 대나무를 치고 싶어 화선지를 앞에 놓고 붓을 들었다.

먹물을 풀어 담묵으로 줄기를 힘차게 쳐올리고 마르기 전에 재빨리 농묵을 찍어 마디를 그었다. 그리고 계속 농묵으로 굵고 가늘게 길고 짧게 잎을 치고 그 사이에 다시 담묵으로 잎을 치며 원근법을 나타냈다. 이렇게 수도 없이 대나무를 쳤는데 마음먹은 대로 되지 않았지만 그 중 한 장을 골라 화제(畵題)를 쓰고 낙관을 마쳤다.

幽蘭一室　修竹萬山
그윽한 난 향기 온 방안 가득하고
길게 뻗은 대나무 만산에 의젓하다.

세한(歲寒)을 나타내는 대나무는 곧기가 군자의 기개(氣槪) 같아 서리와 눈 속에서도 그 절개를 고치지 않는다. 온

갖 꽃들과 아름다움을 겨누지 않는 대나무는 준엄한 남성상이다. 텅 빈 대 속처럼 마음에 아무 거리낌 없는 당당함과 시끄러운 세상사에도 초연한 자세로 아는 것을 함부로 드러내지 않는 무게 있는 선비 같은 대나무.

화선지 위에 살아난 대나무의 운치를 바라보고 있으니 4군자의 대가 난곡(蘭谷) 스승이 떠올랐다. 남이 알아주기를 바라지 않고 대처럼 곧게 살다 가신 재야(在野) 작가. 평생 중국의 정 판교(板橋)의 난죽을 연구하신 한국의 판교 같으신 분이시다. 대나무를 잘 치기 이전에 먼저 사람이 되어야 한다는 말씀이 지금 대줄기에 묻어나 되살아나고 있다.

한 폭의 그림은 한 편의 시다. 책상 위에 수북하게 쌓인 대나무들이 서로 만나 시의 숲을 이루고 있지 않는가. 잎새 사이에서 살랑살랑 맑은 바람이 일 듯 오직 침묵만으로 끝없는 사색의 반추를 낳게 하는 이 여백에서 이는 바람이 추억을 몰고 왔다.

고향 전주, 맑은 물이 고여 있는 한벽당(寒碧堂) 건너 강변에 자리하고 있는 친구 집 대밭, 사춘기시절 내 마음 흔들던 그곳은 징검다리만 건너면 만날 수 있었다. 새벽녘 안개에 잠긴 대밭의 풍정은 더없이 환상적으로 꿈을 수놓으며 나를 매료시켰다.

강릉 오죽헌 뒤뜰에 무성한 검은 대나무밭도 새롭다. 파리하고 가녀린 수죽(瘦竹)의 야무진 대줄기를 보았을 때 일던 내 마음의 동요. 시서화에 능했던 신사임당의 재능을 키워주고 또 유학자 율곡(栗谷) 선생을 낳고 키운 강인한 모성의 입김이 서려있다고 느꼈다.

외국 여행 중에 만난 대밭, 대만 대중에서 일월담으로 가는 길 양쪽에 빽빽하게 우거진 왕죽림(王竹林)에는 12월이었는데 포인세티아가 여기저기 붉게 피어 있어 인상적이었다. 그러나 가장 뇌리에 남아 지워지지 않는 대숲은 나그네 발길을 멈추게 했던 일본 대나무였다.

녹음 일색이던 6월의 고도 가마꾸라(鎌倉)는, 한 면이 바다에 접하고 3면이 산에 둘러싸여 골짜기 사이에 생긴 천혜의 자연환경으로 예부터 별장지로 유명한 곳이라고. 모여든 관광객 틈에 끼어 친구와 함께 가마꾸라 대불과 유서 깊은 문학관을 돌아보고 숙소인 향풍원(香風園)에 도달했다. 바로 가와바다 야스나리(川端康成)가 〈천우학(千羽鶴)〉을 집필했다는 곳이었다.

푸른 나무들로 뒤덮인 대문을 들어서니 유황 냄새가 물씬 풍겼다. 광천온천이 바로 대문 옆 동굴 속에 있어서였고 어디서 계곡물 흐르는 소리가 들리는 정원은 온통 대나무들로 가득했다. 어느 깊은 산 속 같은 정원을 거닐며 전통적인 일본식 건물 2층 다다미방으로 안내된 우리는 편하게 주저앉아 녹차를 마시며 피로를 풀었다.

우리를 더 놀라게 한 것은 다음날 새벽이었다. 똑같은 풍경도 언제 어디서 누구와 보았느냐에 따라 느낌이 다른 것을. 비 내리는 소리에 잠을 깬 우리는 몽롱한 꿈결에 창호지 문을 살며시 열었다. 바로 눈 앞 가득 푸른 대숲이 펼쳐져 있어 겹치고 겹친 잎새들이 비를 맞으며 흐느끼듯 떨고 있지 않은가. 잎에서 잎으로 떨어지는 녹즙 물방울은 대나무 눈물인가.

풋풋 살아서 하늘을 향해 설 것 같은 잎새들은 바람이 불 때마다 밀어를 나누듯 살랑대고 있었다. 객창에서 새벽잠을 빼앗은 대숲의 정취에 나는 넋을 잃고 말았다. 대나무 향기가 들어오기에는 창문이 너무 작았지만, 하룻밤 묵고 가는 나그네 마음에 천년의 아취를 담아주던 대숲의 비경, 언제까지라도 그대로만 있고 싶은 청한(淸閑)의 유취(幽趣)였다.

지금 붓을 놓고 대숲의 추억을 떠올리니 그지없이 마음이 맑아온다. '흉유성죽(胸有成竹)' 중국 북송시대 문인 소동파(蘇東坡)는 대나무를 치기 전에 먼저 가슴속에 완성한 대가 있어야 한다고 했다. 나는 추억에서 뽑아 올린 대나무를 연상하며 과연 어떠한 대를 가슴속에 완성할 수 있을까 생각에 잠겨본다.

언젠가 나도 판교와 난곡 스승 같은 필치로 화선지 전장에 대숲을 옮기고 싶다. 항상 그 대숲에는 바람이 머물며 가득 향을 피울 것이다.

(1992.)

가슴으로 깊어지는 강(江)

— 내 고향 全州

호남평야의 넓은 들을 적시며 유유히 흐르는 만경(萬頃) 강 지류인 전주천, 그 흐름이 승암산과 남고산의 양쪽 암벽에 세게 부딪치면서 급격히 서쪽으로 꺾이어 전주시가를 흐르는 남천(南川)이 된다. 그 물줄기는 전주시의 남서부를 흘러 들어온 삼천천과 서신동 북쪽 끝에서 합류되어 전주시민의 생활과 밀접한 환경을 이루며 내 성장기의 무대가 되었다.

우리 형제들은 모두 강 건너에 있는 완산초등학교에 다녔다. 그때 일제강점기 겨울은 얼마나 춥고 매웠던가, 매곡교를 건너갈 때마다 꽁꽁 얼어붙은 강에서 부는 칼바람에 손발이 얼어터져 나는 겨우내 고생을 했다. 신사참배를 하는 학교에 가지 않으려고 짜증부리는 내 손을 잡고 오빠는 바람막이가 되어 이 다리를 건넜다. 그럴 때면 어린 가슴으로 피붙이 정이 따스하게 스며들어 오누이 정은 강물처럼 깊어지며 성장했다.

중학시절에도 강 가까운 청수정에 살았는데 전주 8경의 하나인 한벽당(寒碧堂)이 지척에 있었다. 강변의 기암 위에

세워진 우아한 누각 한벽루는 빼어난 경치여서 조선조 초, 조선 개국공신 월당(月塘) 최담(崔澹)의 별장으로 유명했다. 기린봉으로 솟아오르는 달빛을 업고 발아래 흐르는 강물을 굽어보며 남고산사의 종소리에 귀 기울이면서 많은 문인 묵객들이 풍류를 즐기던 곳이었다.

그 시절 우리 문예반원들도 이곳에 모여 시를 짓고 그림도 그렸다. 하늘이 훤히 보이는 바위에 앉아 저 멀리 사라지는 기차 꽁무니를 쫓으면 어디론지 가고 싶었단 꿈. 내 눈은 누각에 걸린 한벽당이라는 유려한 현판 글씨에 머물기도 하고 강 건너 푸른 대밭에 멈추기도 했다. 또 놓치지 않은 것은 철길을 감싸듯 늘어선 산 능선의 아름다움과 노을에 비낀 강물 위 산 그림자였다.

이렇듯 아름다운 강이 흐를 수밖에 없는 전주는 시가지를 감싸듯 솟아있는 산 또한 수려했다. 일찍이 미당(未堂) 시인은 풍류적 전아한 기린봉 연산(連山)들의 아름다운 산세를, 날으는 학의 천년을 재는 비상의 선 같은 유연함이라고 찬사를 아끼지 않았다. 산맥의 선은 나비 날개의 가벼운 팔랑거림 같다고도 했다.

한편, 정자문화권의 핵심인 전주는 공원 도시이다. 세라복 중학시절, 체육시간에 오목대(梧木臺)에 올라 온몸체조를 하고 오동나무 숲에서 쉬며 내려다 본 시가지는 한 폭의 그림이었다. 고색창연한 시가지 풍경들, 녹음 우거진 경기전 옆으로 풍남동 교동 일대에 밀집해있는 한옥들은 질서

정연하게 이어져 지난 세월의 여운을 담고 말이 없었다.

이곳 오목대는 조선조의 태조 이성계가 황산(荒山) 대승을 얻어 그 전승연회를 열어 전주 이씨의 종족을 모이게 하여 주연을 베푼 곳이다. 눈에 띠는 〈太祖高皇帝駐蹕遺址〉라고 쓴 석비는 한말의 고종황제의 친필이라 했다. 또 풍남동의 경기전(慶基殿)은 이성계의 영전을 안치하기위해 1410년에 세운 유서 깊은 건물로 자주 소풍을 갔는데 경내에는 울창한 고목들과 새소리로 태고의 숨결이 머물고 있어 옷깃을 여미게 하는 엄숙한 분위기였다.

또한 전주의 긍지는 전동에 그 위용을 자랑하는 풍남문(豐南門)을 빼놓을 수 없다. 보물 제 308호로 지정된 호남 제일의 성으로 전주를 상징하는 이 문은 옛 석성의 4개 문 중 유일하게 남은 성문이었다. 고려조 말기 1389년 당시 전라도 관찰사였던 최유경(崔有慶)이 창건한 것으로 그 부근에 남부시장이 있어 제일 붐비는 곳으로 없는 게 없는 음식의 집합소였다.

구수한 전라도 사투리가 왁자지껄 깔린 장바닥. 양질인 호남의 쌀, 수질이 좋아 맛이 별난 남문 밖 콩나물, 오목대 황포묵, 기린봉 무깍두기, 남천 모래무지의 미각들을 사고 파는 사람들. 콩나물 국밥과 비빔밥 파는 가게는 언제나 대만원이고 주단가게 옆으로 펼쳐진 지필묵 등, 물 맑고 대나무가 많아 한지의 생산지로 유명한 이곳의 부채와 합죽선 등이 눈길을 끌었다.

전주에 사는 동안 우리 집은 열 번이나 이사를 다녔는데 모두 강 근처 동네였다. 두레박으로 우물물을 길어 생활했던 시절, 강물은 대식구를 거느린 어머니의 일상이던 가사노동의 현장이었지만 나에게는 꿈을 키워준 산실이었다. 자랄수록 강물은 나에게 새로운 감각으로 다가와 강으로 하여 열린 나의 의식은 혼자서 스스로 강가를 찾아 사유의 세계로 빠져들게 했다.

6·25 한국전쟁을 겪고 사업을 정리하신 아버지는 서울로 올라가기 전 식구들을 태평동에 있는 공장에서 잠시 기거하게 하셨다. 이곳은 전주의 외곽지대로 전주천 하류의 쓸쓸한 강가였다. 이따금 강 건너 도토리골로 가는 징검다리를 건너가면서 미망에 빠졌던 시절.

내 나이 스물한 살, 오직 향학의 꿈을 안고 부모님 따라 서울로 올라왔다. 학업을 마치고 결혼하여 3남매 낳고 키우면서 세월이 강물처럼 흘러갔다. 누가 인간은 자신의 과거에 매달려 회상하는 것만으로도 살아갈 수 있다고 말했던가. 고향을 떠나온 지 40성상. 이제 고향은 옛 모습이 아니다. 그러나 내 가슴에 살아있는 내 고향은 항상 맑은 강물이 흐른다. 내 가슴속으로 깊어지면서 오늘도 흐르고 있다.

(1955.)

우리 부부

같은 동내에 사는 인연으로 우리는 만났다. 주일마다 교회에서 만나 예배가 끝나면 자연스럽게 산책도 하고 식사를 나누기도 하면서 차츰 사이를 좁혀갔다. 우리 둘은 스스로 선택하고 결단하고 결혼에 임하면서 하늘이 맺어준 인연을 축복으로 받아들였던 것이다.

모두가 꺼리는 시집살이를 하면서도 즐겁기만 한 것은 남편의 한결 같은 배려와 사랑이었다. 그리고 차례로 태어난 3남매가 재롱을 부리며 무럭무럭 자라는 모습을 보는 보람 또한 최상의 은총이었다. 그런데 점점 내가 실망하게 된 것은 남편의 단점이 드러났기 때문이다. 그것은 단점이라기보다 자신도 어쩔 수 없는 코골이 버릇이었다.

남편의 사주팔자에는 코고는 버릇은 나오지 않았는지 어머니께서는 맏사위를 고르는데 유명한 철학관을 다니며 발품을 파셨다. 가는 곳마다 흔치 않는 찰떡궁합으로 천생 연분이라는 말만 믿고 좋아하신 것이다. 나보다 더 어머니가 우리 결혼을 서두른 것은 공부만 파고들다가 혼기를 놓치게 될지도 모르는 딸에 대한 우려 때문이었다.

남편의 코고는 솜씨는 수준급이었다. 시댁은 아담한 한옥이었는데 건넌방에서 코고는 소리가 발동이 걸리면 대청마루에 진동하여 안방까지 흔들어댔다. 잠을 설치신 시부모님께서는 헛기침을 하시며 베개를 잘 고쳐주라고 분부하시는 게 아닌가. 부부의 밀실이 코고는 소리로 해서 천하에 공개되는 것이 잠 못 자는 것보다 더 싫었던 나는 밤새 쭈그리고 앉아 남편의 코를 비틀기도 하고 베개를 들었다 놓았다 하는 효부(?)가 되어야 했다.

　신혼시절에는 난생 처음 들어 보는 코골이 소리가 신기해서 호기심으로 애교로 봐 주었지만 날이 갈수록 짜증만 났다. 잠을 설치는 날이면 어디로 도망가 버리고 싶은 심정이 되었다. 고단하거나 술이 거나하게 취한 날이면 코고는 소리는 제트기가 날아가는 것 같은 괴성이 되어버려 웃을 수도 울 수도 없어 괴롭기만 했다. 밤새 견디기 힘든 고역이었지만 그렇다고 남편을 깨워 따질 수도 없어 아침에 일어나면 담판 지리라 결심하는 것이다.

　그러나 밝은 햇살이 어젯밤의 일을 까맣게 잊은 듯이 비치는 아침 식탁에서 언제 그랬느냐고 새침 떼고 앉아 있는 남편은 너무나도 태연자약했다. 그 얼굴을 보면 어쩔 수 없이 나는 어젯밤 낑낑거리던 역정이 물거품으로 사라지는 너그러운 아내가 되고 마는 것이다.

　시부모님과 시동생, 시누이들에 둘러싸인 남편과 대결해 본다는 것은 종국에 패자일 수밖에 도리가 없는 것을. 눈치

빠른 판정을 내린 나는 적어도 이곳에서만큼은 동화될 수 없는 존재로 나 혼자 아픔을 삭이며 외로움을 견디어야할 며느리임을 자각하곤 했다. 벙어리 3년, 귀머거리 3년, 옛 여인들이 살다 간 슬기를 나도 따르리라. 그런 날은 붓을 들어 참을 인(忍) 자를 수도 없이 썼다.

　나는 이 난관을 극복하기 위해 계획을 세웠다. 우선 의학 전서를 펴서 연구를 하고 병원을 찾아가 의사와 상담을 했다. 아니나 다를까 코고는 사람의 콧구멍은 S자형으로 되어있기 때문에 수술을 하면 된다는 것이다. 나는 이제 살았구나 하고 쾌재를 부르며 수술을 권유했다가 시부모님께 호되게 꾸중을 들었다. 멀쩡한 사람을 병신 만든다고.

　이렇게 해서 1차는 실패하고 또 궁리를 했다. 어느 날 어떤 주간지의 '어찌 하오리까' 난에서 나와 같은 고민의 기사를 읽고 동병상련(同病相憐)을 느꼈다. 그 여인은 남편의 코고는 소리 때문에 불면증과 노이로제 환자가 되어 살기 싫다고 호소했는데 그런 경우 이혼이 성립된다는 것이다. 이혼까지는 너무 한다고 생각하지만 진작 밤이 되면 나도 보따리 싸고 싶은 심정을 막을 수가 없었다.

　어느 날 밤, 유난히 코고는 소리가 신경을 건드려 참지 못한 나는 때는 이때다 하고 보따리를 싸기로 결심했다. 보자기를 펴니 너무 작아 나는 이불장 안에서 시트를 꺼내 방 안 가득 폈다. 사방을 두리번거리다 제일 먼저 벽에 걸린 인(忍) 자 액자를 떼어 담았다. 그리고 재산 목록 1호 핸드

백을 담아 봤지만 너무 초라했다. 또 아무리 머리를 굴려보아도 막상 가져갈 것이 없어 차라리 내가 들어가 앉아보았다. 누가 나를 싸가지고 이곳을 탈출해 주었으면 좋겠다고 생각하다가 마침내 주저앉아 버리고 말았다. 이렇게 해서 2차도 실패.

세월은 약이다. 나이가 들수록 내 예민한 신경도 둔해지고 청각도 면역이 생겼는가. 아이의 울음소리와 남편의 코고는 소리의 반주에 맞추어 노래를 부를 만큼 여유가 생겼다. 아이가 하나일 때 옆구리에 끼고, 둘일 때 양쪽에 끼고 날아가고 싶었지만 이제 셋이 되어서는 어쩔 수 없이 무거운 닻으로 정박할 수밖에 없는 세월 속에 파묻히고 만 것이다.

무수한 인(忍) 자로 엮은 세월이 흐르고 흐르면서 부부는 닮아가는 것인가. 부창부수. 나도 고단한 날이면 코를 골아 피장파장, 피장부아장부(彼丈夫我丈夫)가 되었다. 어쩌면 코고는 소리가 우리 부부생활에서 권태라는 껍질을 벗겨주는 역할을 했는지도 모른다. 이끼 낀 바위처럼 연륜이 감긴 고목처럼 이렇게 정이 두텁게 쌓인 코골이 부부는 50년을 살았으니 그래서 천생연분인가 보다.

(2006.)

여름 편지
— 딸에게

여름은 불꽃같은 열정이 솟구치는 계절이다. 작열하는 태양이 온 누리를 달구면 푸른 잎새들은 더욱 진초록으로 번득이고 오곡 백화는 속살 채우기 바쁘다. 이 여름을 참으로 위대하다고 말한 시인 릴케가 떠오르는구나. 그리고 바슐라르는 여름은 꽃다발의 계절이라고 했지.

여름은 하나의 꽃다발, 시들 줄 모르는 영원한 꽃다발이다. 왜냐하면 그것은 언제나 자기 상징의 청춘을 취하기 때문이다. 그것은 아주 새롭고 아주 신선한 봉헌물이다. —몽상의 시학 20

그러나 여름은 불안한 색조가 스며있는 계절이기도 하다. 빛과 그림자처럼 상극된 폭염과 폭풍우가 서로 시샘하듯 변덕을 부린다. 숨 막히는 불볕더위가 이어지다가 벼락 천둥 번개까지 뒤섞인 기습폭우가 삽시간에 땅위를 휩쓸어 버린다. 이러한 여름을 이겨내는 사람들은 천재지변을 슬기롭게 헤쳐 나가는 지혜를 얻으며 더 강해지는 것이다.
경(京)아.

생각하면 가슴 뭉클해지는 우리의 여름, 미국 버팔로의 그 뜨겁던 여름이 떠오르는구나. 섭씨 30도를 웃도는 더위가 기승을 부리던 8월 초순, 장장 16시간의 비행 끝에 다다른 이국 하늘은 눈부신 비취빛이었지. 낯선 하늘 아래 서서 너 혼자 겪고 있는 진통을 생각하니 가슴팍이 조여드는 느낌이었다.

정묘년 토끼해에 건강한 아들을 낳은 너는 참으로 대견했다. 득남 축하의 꽃다발과 카드가 놓인 탁자 위에 쏟아져 내리던 한여름의 햇살은 하늘이 내리신 축복의 세례였다. 갓난애를 목욕시킬 때면 세 살 된 손녀도 끼어들어 와자지껄했지. 장차 네게 큰 힘이 될 아들이 든든하기만 해서 머리를 감기던 나는 옛날이 떠올랐구나.

내가 어머니가 되던 날, 첫딸로 태어난 너와의 만남은 축복이었다. 너를 목욕시키고 젖을 물리면 거듭난 나를 발견했고 너로 하여 내 인생은 풍요롭고 활기찼으니까. 나를 근심케 하던 네 울음들, 강보(襁褓) 속의 네 재롱들을 담은 육아일기. 사랑의 선물인 '아늑한 요람의 앨범'을 여성지에 발표하면서 수필계에 진출했으니 네가 바로 내 수필인생의 문을 열어주었지.

이른 아침, 미역을 씻어 홍합을 넣고 국을 안쳐 밖으로 나오면 파란 잔디밭이 어찌 그리 시원한지. 저만치 우거진 숲에서 지저귀는 새소리 들으며 맑은 대기를 들이마시면 미역국 냄새가 진하게 풍겨왔다. 우리네 미역국이 이렇게 향기롭다는 것을 처음 알았구나.

뽀얗게 우러난 미역국을 훌훌 마시고 밥 한 그릇 거뜬히 비우고 땀에 젖은 네 몸을 안마해 주면서 "기운 내라. 건강해야 한다"고 몇 번이나 되뇌었던가. 아들과 함께 곤히 잠든 사이 칭얼대는 손녀의 손을 잡고 수영장에 가 놀아주면서 어머니, 딸, 손녀로 이어지는 여자의 삶이 신비로웠다.

우리가 흘렸던 땀방울을 말끔히 씻어주던 나이아가라 폭포수를 잊을 수 없구나. 미 대륙의 국경을 넘어 캐나다에서 바라본 폭포의 장관은 지금도 가슴에서 요동을 친다. 자연의 불가사의, 유유히 흐르던 강물 위를 떠가는 뱃머리에 서서 쏟아지는 비폭이 뇌우처럼 영혼의 정수리를 강타할 때 얼마나 통쾌했는지, 하늘에 뜬 7색 무지개를 바라보며 감사하는 마음 가득했다.

京아.

여자의 진정한 행복은 무엇일까. 네게만은 최상의 복된 삶을 안겨주고 싶었는데 그 삶은 어떤 것일까. 남매를 안고 귀국한 너에게 미루었던 박사과정을 마치도록 한 것은 나였다. 두 아이 키우기도 바쁜 너는 나중으로 미루려는 뜻을 바꾸어 하면 된다는 신념으로 밀고 가는 끈기로 학문의 길에 매진했지.

〈채만식 소설의 언술 구조 연구〉의 논문 쓰기에 심혈을 기울인 네 노고가 헛되지 않아 획득한 박사학위. 그리고 용인, 인천, 청주 등으로 지방대학 강의를 맡아 종횡무진으로 뛰고 다닌 네 삶을 지켜보며 젊은 힘은 바위라도 뚫을 수 있음을 알았구나. 문은 두드리는 자에게 열린다고 했다. 땀과 고뇌 없이 어찌 인생의 값진 향취를 얻을 수 있으랴.

京아.

지금도 생생하게 떠오르는구나. 네 교수 임용의 서류를 갖추고 너는 M전문대학으로 나는 K대학으로 각각 접수시키고 기다리며 마음 졸였던 나날들이. 나는 새벽기도회에 나가 주님께 무릎 꿇고 간절히 간구하면 가슴 밑바닥에서 뜨거운 눈물이 마구 솟았다. 이 세상에 내가 어미로서 딸에게 해줄 수 있는 것이 무엇인가 하고 수없이 반문하면서.

잊을 수 없는 감격의 날, 네 전문대학 신임교수 임용 통보를 받고 용솟음치는 기쁨 속에 나는 먹을 갈아 붓을 들고 용비어천가 2장을 써내려갔다. 말로 다하지 못하는 사랑을 붓 끝에 쏟으면서 '불휘기픈 남간 바라매 아니뮐씨…' 작품을 완성하고 네 이름 위에 소담(素潭)이라는 아호를 얹었다. 깊은 여울물 속처럼 질박하게 학문의 길을 가라는 내 간절한 소망으로.

위대한 여름. 시들 줄 모르는 영원한 꽃다발 같은 여름을 한껏 살고 있는 딸아! 사랑한다. 부디 건강하고 담대하게 앞으로의 삶을 개척하며 행복하게 살아다오.

(2000.)

청계천의 달

승용차에 앉아 핸들을 잡고 쉼 없이 쏟아지는 장대비 속을 아랑곳없이 차를 달린다. 3일 후면 철거하게 되는 청계 고가도로를. 지금 이 길의 마지막 주행이라고 생각하니 남다른 감회가 인다.

인간에게 있는 두 가지 비극적인 요소는 잘못을 저지르는 일과, 시간은 계속 흘러간다는 것이라고 누가 말했던가. 사정없이 차창을 때리며 흐르는 빗물처럼 사라져버린 내 시간들. 그동안 까맣게 잊고 살아온 일들이 고개를 든다. 이 길을 덮은 철근 콘크리트를 걷어내듯 내 양심의 베일을 벗기면 드러나는 환한 달빛과 만나고 싶다.

지난 1954년 봄, 한국전쟁이 할퀴고 간 폐허로 얼룩진 서울 거리를 배회하던 나는 청계천 5가 주변의 고서점을 자주 찾아다녔다. 석사 논문 자료인 《의유당일기(意幽堂日記)》, 《한중록(閑中錄)》 등 고전 수필과 《춘향전》《흥부전》 등 육전 소설을 구입하기 위해서였다.

그때 이곳을 찾는 사람들은 거의 남성들이었는데 그 중에는 일어판 세계문학전집이나 사전 등을 돈 몇 푼과 바꾸어가는 사람도 있었다. 아내의 저고리를 전당포에 맡기고 아침거리를 해결하는 현진건 소설 〈빈처(貧妻)〉의 주인공 같은 가난한 사람들. 도시 빈민들의 고단한 삶이 담긴 판자 촌 근처를 지날 때면 나는 조심스럽게 사든 책들을 치마폭에 감추고 다녔다.

그런데 이러한 고서점 출입은 오래 가지 못했다. 결혼해서 시부모를 모시고 살았기 때문이다. 남편은 계속 논문을 완성하라고 밀어주었지만 보수적이고 완고하신 시아버님의 서릿발 같은 기침소리는 항상 내 행동에 제동을 걸었다. 책 보기, 글쓰기, 먹 갈기 등 내 일거수일투족을 눈여겨보셨다.

이렇게 시집 법도를 따라 소리 없이 살던 2년여 남편이 외국에 나가있던 해의 정월 보름날 밤이었다. 방에서 논문을 마무리하고 있는데 시아버님의 불호령이 떨어진 것이다. 조밥을 싼 봉지를 건네주시며 당장 한강을 다녀오라고 하시는 게 아닌가. 얼음을 깬 강물 속에 정성들여 조밥을 띄우면서 용띠인 남편의 건강을 기원하라고 덧붙이셨다. "그동안 내가 했으니 이제는 네가 해라." 실로 난감했다.

얼떨결에 대문을 나선 나는 먼저 마장동에 있는 친구 집을 찾아갔다. 함께 한강으로 갈 생각이었는데 마침 집에 없어 허탈하게 돌아섰다. 어떻게 할까 망설이다가 무심코 다리 위로 올라가 보니 달빛 속에 털목도리를 휘감은 사람들이 부지런히 '다리밟기'를 하고 있지 않는가. 나는 난간에 기대어 칼바람이 슬개골까지 파고드는 한기 속에서 물끄러미 달을 우러르며 외로움을 달랬다.

달빛은 모정(母情)인가. 문득 이는 어지럼증 같은 그리움. 달무리로 하여 미묘한 음영이 깃든 달 속에 어머니 얼굴이 아른거리자 참았던 눈물이 왈칵 쏟아졌다. 그 순간이었다. 손이 얼었는지 꼭 쥔 주먹이 슬그머니 퍼지면서 조밥 봉지가 그만 아래로 떨어지는 게 아닌가. 내 반항의식이 고개를 든 것일까. 시아버님 명을 거역하고 한강이 아닌 청계천에 조밥 봉지를 던지다니, 이 돌이킬 수 없는 엄청난 실수에 온몸이 떨리기 시작했다.

납덩어리처럼 무거운 자책감으로 집에 돌아온 나는 시아버님 앞에서 고개를 들지 못했다. 그 후로는 더욱 고분고분 그보다 더한 일도 마다하지 않고 해냈다. 청계천의 달만이 아는 비밀을 언젠가는 이실직고하고 석고대죄를 받고 싶은 마음 간절했으나 기회를 놓치고 세월만 흘러 보내고 말았다.

사람이 변한다는 것은 새로워지는 것이지만 한편 슬픈 일이다. 어쩔 수 없이 세월이 가는 비극 앞에서 나는 인간의 힘의 한계를 느낀 것이다. 어느덧 8순 중반에 이른 시아버님께서 노환으로 병석에 누우시게 되었다. 긴 여름을 시름시름 앓으시다가 가을에 접어든 어느 날 눈을 감으시고 조용히 우리 곁을 영영 떠나시는 날.

우리 삶에서 고별만큼 감상(感傷)적인 장면이 또 있을까. 모든 것을 용서하고 용서받는 마지막 만남의 시간은 서로의 정줄기가 무르녹아 강물을 이룬다. 혼자 임종을 지키던 나는 가슴을 열고 지난 잘못을 빌었다. 내 손을 꼭 잡으신 시아버님께서 "이제 네 하고 싶은 일을 맘껏 하며 살아라." 하신 마지막 말씀은 나를 회한의 늪에서 통곡의 몸부림을 치게 했다. 그 매섭고 호된 가르침은 겸손과 성실, 정직함을 깨우쳐 주시는 사랑의 매질이었음을 깨달은 것이다.

청계천의 달. 대낮 빛나던 태양의 방사(放射)를 받아 어둠이 깔리면 반사(反射)하는 교교한 달빛. 젊은 혈기만으로 치졸하고 성급한 나를 다독거리며 인간적인 성숙을 지켜봐 주던 달. 내가 희구하던 자유는 오랜 기다림과 함께 시련을 겪으면서 솟는 의욕 속에 있었던 것을. 달처럼 밝은 눈으로 며느리의 허물을 감싸주신 시아버님의 너그러운 마음을 이제야 알게 되었다.

달빛은 예나 지금이나 한결 같건만 인간 세상에는 어찌 그리 굴곡이 많은지. 저 달만이 알고 있을 것이다. 60년대 후반, 판자촌 강제 철거로 아우성치던 빈민들의 눈물을. 또 청계천 복개공사로 답답하게 서울의 숨통을 끊어버린 실수를, 그리고 지금 다시 복원 작업에 힘쓰는 대역사의 현장을.

이제 앞으로 청계천은 우리 꿈을 되살리는 휴식공간으로 거듭나게 된다. 바람이 오가는 녹지에서 새들이 지저귀고 맑은 시냇물에 송사리 떼가 꼬리치면 나는 이곳을 또 찾을 것이다. 그 옛날 대보름날, 내가 실수를 저지른 교산자교 난간에 서서 둥근 달을 우러르며 오늘의 나를 비춰보리라 하고.

(2003.)

백목련 서른한 송이

내가 사는 아파트 1층에서 올려다보는 하늘은 아스라하다. 그 하늘 저 멀리에 내 분신인 서예 작품들이 아른거리면 마음 한 구석이 상처에 소금 뿌린듯 아려온다. 성경구절 '시편 23편'과 생명, 그리고 추사의 시 '春日', 이식의 시 '新燕', 주무숙의 '愛蓮說', 황진이의 '반달', 매화, 수련, 창포 등 채색화 작품들이 눈앞에서 나풀거리고 금세 눈물이 핑 돈다.

집착일까. 아니면 위선자일까. 벌써 해가 바뀌고 반년이 넘었는데도 잃어버린 작품에 대한 애착을 떨쳐버리지 못하고 있으니 말이다. 아니 영원히 잊지 못할 것이다. 그것들을 움켜쥐고 있는 범인을 용서하고 기억에서 지워버리고자 몇 번이나 다짐했던가. 그래서 잊었다고 생각했다. 그러나 하늘만 우러르면 그 날의 분노가 치솟아 가슴이 화산처럼 터지는 것이다.

지난 해, 나는 평생의 꿈이던 고희기념서화전을 계획하고 그 준비에 여념이 없는 나날을 보냈다. 전시회 날이 임박하자 그동안 쓴 작품 65점을 정리해서 표구사에 맡기고

도록 제작하는 출판사를 물색했다. 순조로운 진행이었다. 그런데 문제는 표구 전 배접만 한 작품을 도록 사진 촬영을 위해 출판사 직원이 운반하는 과정에서 일어났다.

8층 표구사에서 작품들을 엘리베이터에 싣고 2층에서 내려간 직원 두 명이 먼저 병풍과 액자를 들고 나온 후, 나머지 31점 작품 뭉치를 꺼내려고 뒤돌아서니 그만 문이 닫혀버린 것이다. 그런데 올라갔다 내려온 엘리베이터 안은 텅 비어있었다. 참으로 어이없는 일이 발생한 것이다.

놀란 직원들이 혈안이 되어 빌딩에 있는 사무실 구석구석을 심지어 쓰레기통까지 이 잡듯 뒤졌지만 헛수고였다. 이 소식을 들었을 때 나는 절벽에서 거꾸로 떨어져 산산조각이 난 죽음 바로 그것이었다. 내 생명 같은 분신들이 사라지다니. 미친 듯이 현장에 달려간 나는 거액의 현상금을 내걸고 애타게 호소했지만 작품의 행방은 묘연했다.

하늘이 내리신 경종일까. 내가 더 겸손하고 온유한 사람으로 거듭나기 위한 시련의 채찍질인지도 몰랐다. 죽음 문턱에 선 순간인데도 참담한 이 역경을 이기려는 안간힘이 고개를 들고 있었다. 책임을 통탄하고 나선 출판사에서 전시회 날까지 차질 없이 도록을 만들어주겠다는 각서를 받고 용기를 냈다. 분실한 작품을 다시 쓰라고 열흘간의 말미를 준 것이다.

내 힘을 시험할 240시간. 절망의 낭떠러지에서 탈출하기 위해 나는 밤낮 외골수로 작품 쓰기에 매달렸다. 이 열병 같은 집념으로 먹을 갈고 붓을 들어 오직 31점에 도전하는 절박한 시간과의 싸움. 결승점을 눈앞에 둔 마라톤 선수처럼 쉼 없이 작품 쓰는데 몰입했다. 그러나 몇 년 동안 심혈을 기울인 작품을 단시일에 이렇게 몰아 쓴다고 원하는 작품이 탄생하는 것이던가. 아쉬운 대로 겨우 건진 다섯 점.

곧 바로 도록 제작에 들어갔다. 초고속으로 진행하는 출판사 직원과 함께 야간작업을 하면서 편집과 교정 등에 매달리다 보니 종국에 현기증이 나 코피까지 쏟았다. 드디어 20일 만에 도록이 완성되던 날, 감색 바탕에 금박으로 내 이름 석 자가 새겨진 표지를 어루만지며 나는 처음으로 참았던 울음을 터트렸다.

이렇게 해서 나는 어줍지 않게 70년 세월을 풀어놓고 서울과 제주에서 전시회를 가질 수 있었다. 가슴에 응어리진 채로 일흔 잔치를 끝냈다. 그런데 끝남의 자리는 어찌 그리 허전하고 아쉽던지, 썰물이 쓸고 간 모래밭에 외롭게 남겨진 조개껍질처럼 쓸쓸했다. 그 허탈한 가슴으로 잃어버린 작품들이 투사된 하늘을 자주 올려다보게 되었는지도 모른다.

봄 3월이 열린 어느 날, 내 눈이 무심코 하늘에서 정원의 나무들로 옮겨졌다. 목련나무 가지에는 작년보다 꽤 많은 꽃망울이 부풀고 있었다. 그 꽃망울들은 아주 서서히 함부로 자기를 드러내지 않는 겸손함으로 나날이 부풀어가는 게 아닌가. 매서운 꽃샘바람을 이기며 조용히 자신 속에 침잠하고 있는 달관의 꽃. 그 인내심이 눈물겨워 차츰 영혼의 눈을 떴다.

4월이 열리자 따스한 봄 햇살에 환호성을 지르며 활짝 흐드러진 목련꽃. 경이의 눈을 뜨고 몇 번을 세어 보아도 분명 서른 한 송이었다. 하나님의 섭리인가. 가슴에 맺힌 31의 숫자가 가지마다에 잃어버린 작품이 되어 조신하게 피어있지 않는가. 그 무엇으로도 치유되지 않던 가슴앓이 상처가 이 기적같이 핀 꽃으로 하여 시나브로 아물어갔다.

오직 붓끝으로 전력투구 혼을 쏟아 예술미를 창조했던 시간들이 꽃잎 위에 겹친다. 용서했으면서 돌아서면 용서되지 않았던 2중성, 그 증오의 감정이 녹아내리고 있지 않는가. 지금 내가 목련꽃으로 위로를 받는 것처럼 누군가도 내 작품으로 위로를 받고 있다면 잃어버린 작품에 대한 미련은 깨끗이 버리기로 했다.

목련꽃 서른한 송이!

천사의 너울인가. 쏟아지는 봄 햇살을 받으며 그 넉넉한 일곱 폭 치마를 펼치고 춤추듯 온몸으로 절창하는 꽃이여. 그 지순 고결한 아름다움 속에 숨어있는 사랑은 조건 없는 사랑임을 깨달았다. 아름다운 것은 영원한 기쁨인 것을. 사람도 목련처럼 순수할 수 없을까 생각에 잠겨본다.

(2002.)

가오리연

―동기간 사랑

소녀시절, 강가에 살았던 나는 물 흐르는 강기슭 자갈밭에 나가 사내처럼 연 날리기를 즐겼다. 바람 따라 높이 하늘 놀이터에서 춤추는 연을 바라보고 있으면 가슴이 후련했다.

동네 아이들과 연 날리기 시합을 하기로 한 전날 밤, 우리 형제들은 이마를 맞대고 부지런히 연을 만들었다. 오빠는 우산대를 깎고 나는 그 대살을 가오리 모양으로 구부려서 한지를 붙인 다음 그림을 그리고 글씨를 써 넣어 모양을 냈다. 그리고 사금파리 가루를 풀칠해서 말려 둔 실을 자세에 감았다. 코흘리개 막냇동생이 가오리연에 길게 꼬리를 붙이면 우리의 연 만들기는 끝이 난다.

누구 연이 제일 멀리 날아가나. 우리 가오리연이 바람에 꼬리를 흔들며 제일 앞서 날아가자 동생과 함께 손뼉 치며 응원했다. 그런데 신나게 자세를 돌리던 오빠가 뒷걸음치다가 그만 넘어져 실이 끊긴 가오리연이 멀리 사라져 버린 것이다. "내 연! 내 가오리연!" 하고 자갈밭에 주저앉아 우는 동생을 업고 "누나가 또 만들어 줄게" 달래며 집으로 돌아와 새로 가오리연을 만들어 주었다.

그리고 반세기가 흘러갔다. 연 만들기에 매달렸던 형제들은 뿔뿔이 흩어져 제 갈 길을 갔다. 정해지지 않은 운명, 결정지을 수 없는 미래를 향해 연처럼 바람 따라 높이 날면서 각자의 꿈꾸던 길을 개척해 나갔다. 어느 인생이라고 우여곡절이 없겠는가.

나는 비교적 평탄하게 학업을 마치고 결혼하여 3남매 키우면서 문학과 서예의 길을 꾸준히 걸어갔다. 그러나 무전항해사의 꿈을 키우던 동생은 갑자기 부모님 반대를 무릅쓰고 서울 장로교 신학대학에 들어간 것이다. 졸업 후 목회활동을 하다가 캐나다 몬트리올로 유학길에 올라 이역만리 하늘로 날아가 버렸다. 연처럼.

몬트리올 소망교회에서 시무하던 동생이 한 달간 러시아로 선교여행을 떠난 것이 계기가 되어 상트페테르부르크 근교 푸쉬킨 시에 믿음의 뿌리를 심게 되었다. 이곳에 한국교회의 신선한 성령의 바람을 불러일으킬 결심을 하게 된 동생은 러시아가 아시아와 유럽을 잇는 중심권에서 선교의 거점이 될 수 있다는 확신을 얻기에 이른 것이다.

러시아에서 주님 말씀을 전하는데 얼마나 은혜로운지 모른다는 동생은 성구 전시를 계획하고 나를 초청해 주었다. 소녀 적 읽은 푸쉬킨, 톨스토이, 도스토예프스키 작품들을 통해서 그려본 러시아의 문학과 자연을 떠올리며 하늘 높이 연처럼 떠서 아래를 굽어보았다. 〈닥터 지바고〉의 흰 눈 쌓인 배경지 노보시비르스크를 지나고 우랄산맥을 넘는 9시간의 비행.

풀코보 공항에 마중 나온 동생과 8년 만에 얼싸안았다. 반백의 수염으로 더부룩한 초로의 동생 얼굴을 보는 순간 가슴이 찡했다. 동생 눈에도 이슬이 맺혔다. 우리는 함께 작품을 들고 전시장으로 가 작품을 진열했다. 내가 순서대로 바닥에 펴놓은 족자와 액자들을 동생은 무거운 사다리를 이리저리 옮기며 벽에 못을 박아 거는 작업에 열중했다. 옛날 가오리연을 만들 때처럼 이렇게 함께 어울려 일할 때 서로가 얼마나 소중한 동기간인가를 깨달았다.

9월 20일 4시. 상트페테르부르크 시 중앙에 위치한 전통을 자랑하는 전시장 '유니온센터'에서 나는 아홉 번째 서화 개인전의 테이프를 끊었다. 내 삶에 있어 내 존재에 영광의 획을 굵직하게 그어준 동생. 내 꿈에 날개를, 아니 꼬리를 길게 달아줌이 아닌가. 넓은 전시장을 돌아보는 한국인 목사들과 고려인 3세, 그리고 러시아인들이 한국 서예에 대한 특별한 관심과 사랑을 보여주어 참으로 뜻 깊은 날이었다.

무사히 전시회를 마치고 동생은 3년 전에 마련한 500평 대지의 교회 신축 공사장으로 나를 안내했다. 전에 사과 과수원이어서 몇 그루 남은 나무에 사과가 주렁주렁 열려있어 향기가 진하게 풍기는 땅이었다. 이곳에 첫발을 내딛는 순간 내 가슴이 왜 그렇게 뜨겁게 달아오르는지 몰랐다.

나무토막이 어지럽게 널브러져 있는 공사장은 겨우 기초

공사만 끝낸 상태였다. 본당에 세운 높은 나무 기둥을 붙들고 기도를 올리는 내 가슴 밑바닥에서 좀전에 느꼈던 뜨거운 감동이 녹아내린 물줄기가 마구 솟아오르고 있었다. 눈물로 범벅이 된 얼굴을 드니 기둥 끝에 가오리연이 하나 걸려있지 않는가. 순간 환상으로 떠오르는 고향 강가에서 연을 날리고 있는 우리 형제의 모습을 본 것이다.

"누나가 만들어 줄게."

이제는 동생을 업어줄 수도 없이 나이 든 나는 이 성전에 벽돌을 쌓아주는 일이 남았음을 알았다. 이것이 러시아 땅에서 우리 오누이를 만나게 해주신 하나님의 뜻임을 깨달은 것이다.

(2004.)

내 안의 파랑새

— 비상(飛翔)

지저귀는 새소리에 잠을 깬 아침, 창문을 여니 푸드득 새들이 날아갔다. 그 날갯짓을 보는 아침은 어찌 그리 기분이 좋은지. 내 안의 파랑새도 날개 펴 노래하고 있었다.

새야 새야 파랑새야 녹두밭에 앉지 마라.
녹두꽃이 떨어지면 청포장수 울고 간다.

자장가처럼 들려주시던 어머니의 곡조 없는 노래. 어딘지 모르게 구슬픈 가락이었지만, 어머니 등에 업혀 칭얼대던 그때부터 내 가슴에 둥지를 튼 파랑새는 날개를 파닥거렸는지 모른다. 아득한 기억의 곳간 속에 갈무리된 어린 날들이 먼지를 털고 눈앞에 펼쳐진다.

우리나라에는 흔하지 않는 파랑새는 산림이 울창한 사찰 주변에 산다 하여 '승려새'라고 불리지만 논밭이나 공원에서도 산다고. 언젠가 이 새가 동남아시아의 철새로 북상하여 상암동 월드컵공원에 둥지를 틀었다고 들었는데 실물은 보지 못하고 사진으로만 보았다. 몸 전체가 파랗고 입 주둥

이와 발가락은 주홍빛으로 눈부시게 아름다웠다.

그 파란 날개를 펴고 하늘을 나는 모습은 상상만 해도 가슴 설렌다. 파랑색은 희망과 평화, 신뢰의 이미지로 하늘, 바다, 희망, 평화 등을 연상시켜 준다. 진리와 총명함을 상징, 새로운 도전과 자유를 의미하는 파랑은 희망 찬 미래를, 보다 더 큰 내일을 꿈꾸는 꿈나무들을 상징하는 비전의 색이 아닌가.

그렇게도 선생이 되고 싶었던 시절, 내 안의 파랑새는 공주사범학교를 향하여 고개를 쳐들고 있었다. "저 어린 것이 어미 곁을 떠난다니…" 한사코 말리시는 어머니를 뒤로 홀로 유학길에 오른 13살.

그런데 이 학교생활은 고된 근로봉사로 혹사당하다가 한 학기로 끝이 나고 말았다. 광복을 맞이한 것이다. 귀향하여 일반 중학교에 전학하고 고등학교 마칠 무렵, 불어닥친 한국전쟁. 이러한 불우한 시대 환경 속에서도 내 안의 파랑새는 날개를 접지 않았다.

그때 피난지에서 독서로 소일하며 미국유학의 꿈을 키웠는데 내 유학길을 완강히 반대한 부모님 뜻에 따라 결혼하기에 이르렀다. 가정이라는 울타리 안에서 여자의 행복을 찾은 나는 이곳이 내가 날 수 있는 하늘이었고 차례로 태어난 3남매가 내 파랑새임을 깨달았다. 아이들이 꿈을 향해 날 수 있도록 날개를 달아주고 바람이 되어 날개를 펴고 날게 했던 나날들.

세월은 흘러 제각기 꿈을 이룬 아이들은 성인이 되어 짝을 만나 가정을 꾸리고 축복의 삶을 이어갔다. 그러자 세상에 나온 손자 손녀가 다섯 명. 그 앙증스런 파랑새들이 날갯죽지를 파닥거리면 나는 또 바람이 되어 불어주어야 했다. 바람은 사랑이고 사랑은 내리사랑인가. 손자 손녀들에게는 아들딸을 키울 때보다 더 뜨거운 바람이 이는 것을 어찌하랴.

정보화시대의 꿈나무들, 거짓말처럼 쑥쑥 자란 아이들이 벌써 10대로 접어들어 내 앞에 병풍처럼 둘러 서 있지 않는가. 염리초등학교 가을 운동회 날, 분홍치마 노랑 저고리에 족두리 쓰고 부채춤 추는 13살 외손녀 현서는 마치 선녀처럼 고왔다. 벌써 삼국지를 다 읽은 10살 외손자 광용은 장애물 경기에서 넘어져도 오뚝이처럼 일어나 달리는 모습이 얼마나 씩씩한지.

막내아들이 안식년을 맞아 영국에 갔을 때, 따라가서 그곳 초등학교와 유치원에서 공부하던 12살 장손 광현과 4살 작은손자 동현. 새로운 세계에 눈 떴음인가. 혼자 남아서라도 더 배우겠다는 학구열로 광현은 토마스 아퀴나스 중학교 과정을 마치고 돌아왔다.

인천공항, 오늘은 10살 손녀 승연이가 영국 가스토어 초등학교에 유학을 떠나는 날이다. 어떻게 저 어린것이 하고 옛날 어머니 같은 측은한 마음이 고개를 들었지만 금세 마음을 다잡았다. "손녀야, 세상 두려워 말아라. 아무것도 두려워말고 네 날개를 마음껏 펼치거라. 두려워 할 것은 두려움 그 자체뿐이다."라는 앨런 멕팔레인 교수의 편지글이 떠올랐기 때문이다.

손녀의 손을 잡고 큰며느리와 2층으로 올라가 우동 한 그릇 먹고 작별을 고했다. 손녀는 내 품에 안기더니 안녕하고 돌아섰다. 매사에 적극적이고 명랑한 성격인 손녀. 그 모습은 옛날의 나를 보는 듯 했다. 눈앞에 옛 고향역이 아른거리자 플랫폼에서 손을 흔들던 어머니 모습과 함께 들리는 곡조 없는 파랑새 노래가 아련히 들리는가 싶더니 더 큰 내일을 꿈꾸는 손녀가 비행기에 올랐다.

밖으로 나와 우러르니 하늘은 어찌 그리 높고 넓은지. 그동안 살아온 내 삶의 커다란 원을 그려본다. 쉬지 않고 방향을 틀면서 오늘에 이른 일흔두 해의 곡선. 그 길이 구부러져 있기 때문에 끝이 보이지 않아서 더 신비스럽고 한편 묘미가 있는지도 모른다. 인간에게 있는 꿈이라는 날개. 사람의 한평생은 이상과 의지의 날개로 훨훨 비상하는 것을.

살아가면서 사람들이 생각 속에 지니고 있는 것은 무엇이든 각자의 생활 속에 반영되는 것이 아닐까. 우리는 모두 자유인이고 날아야만 파랑새다. 세상 문을 열던 그 옛날, 파닥거리던 내 안의 파랑새는 불사조(不死鳥)인가. 지금 손녀를 떠나보낸 빈 내 가슴에 또 한 마리 파랑새가 날개를 펴고 있지 않은가. 내 남은 꿈을 향하여 비상하려고.

(2005.)

골목길

세월은 시냇물되어 흐르면서 기억들은 물에 씻긴 조약돌처럼 반들거리며 남는 것일까. 이 세상에 태어나 사는 동안 얼마나 많은 길을 걷고 또 걸었을까. 지금까지 걸어 다녔던 길들이 아련히 떠오른다.

흙먼지 부옇게 일던 신작로, 돌부리에 넘어져 무릎이 깨어져 울던 골목길, 납작한 초가지붕이 이어진 산동네 후미진 언덕길 등. 호기심이 남달랐던 나는 구불구불 끝이 보이지 않아 궁금했던 골목길에 더 흥미를 느껴 곧잘 해찰하면서 다니기를 즐겼다.

길은 우리에게 가장 서정적인 공간이다. 떠남과 돌아옴의 길, 집을 떠나 주어진 일들을 부지런히 마치고 다시 보금자리 내 집으로 돌아오는 길, 걸을 때마다 그 길들이 마치 우리 몸속의 혈맥처럼 땅을 누비고 있는 것 같다는 생각이 들었다.

누가 길을 '부름'이라 했던가. 길 막다른 골, 맨끝에는 제각기 희구하는 대상들이 손짓하고 있어 지남철처럼 끌려간다. 강 건너 학교가 징검다리로 나를 부르는가 하면, 산동

네 숙이네 사립문이 오솔길로 나를 불렀고, 가로수 이어진 신작로가 도시로 나를 불렀다. 이 모두가 희망이기도 하고 기다림이기도 한 길의 부름이 아니던가. 길은 희망을 따라 떠나라 부르고, 그리움을 간직한 채 돌아오라고 말한다.

떠남과 돌아옴의 길. 그 길은 희망이라는 미래와 그리움이라는 과거로 낯선 사람들과 인연을 맺게 한다. 이렇게 너와 나의 만남의 열매가 결실되고 그 만남은 곧 열림으로 이어진다. 그 열림은 또 인연을 묶는 매듭이 되어 사람의 운명을 바꾸어 놓는다.

내 20대 중반, 비원에서 원남동 로터리로 가는 돌담길은 우거진 오동나무 가로수가 운치를 더 해주는 산책로였다. 우측 담을 끼고 내려가다가 그 끝자락에 자리한 우체국 옆 길로 들어가면 종묘 담을 향해 골목길들이 문어발처럼 뻗어있는 동네가 나온다. 그 첫 골목에는 작은 집들이 옹기종기 이어지다가 중간쯤에 아담한 2층 양옥이 이방인처럼 서 있고, 그 막다른 곳, 나무가 무성하게 우거진 종묘 담 밑에 푸근한 'ㄷ'자 한옥이 있었다.

매일 아침, 삐걱하고 커다란 한옥 나무대문을 밀고 나가는 나를 양옥집 베란다에 서서 바라보던 낯선 청년은 재빨리 골목 어귀로 내려가 우연인 척 맞아주었다. 그리고 끈질긴 구혼 공세를 퍼부었다.

결혼과 학문의 기로에서 불거진 갈등, 이번만큼은 혼기를 놓쳐서는 안 된다는 부모님의 완강한 뜻에 따라 골목길

인연을 하늘의 뜻으로 받아들인 우리는 마침내 결혼하기에 이르렀다.

그리고 10년, 그 큰 꿈을 접고 시부모님 모시고 3남매 키우며, 소리 없이 살았던 마포 신수동 집도 언덕배기에 있는 골목길에 있었다. 아이들이 공을 차며 뛰놀고 시어머님께서 동네 어르신들과 담 그늘에서 담소하시던 길. 밤늦게 귀가하는 남편을 희미한 가로등불 아래서 하루살이를 쫓으며 기다리던 골목길.

어느 날이던가. 참으로 오랜만에 딸집을 찾아오신 친정 부모님께서는 하룻밤 주무시고 가시라는 내 간곡한 청을 뿌리치고 저녁 식사만 하시고 서둘러 대문 밖으로 나가셨다. 어서 들어가라고 지팡이에 의지하여 손짓하시던 어스름 저녁. 눈물 머금고 멍하니 서있는 나를 자꾸 뒤돌아보며 "또 오마" 하셨지만 다시는 올라오지 못하고 말았던 한(恨)서린 골목길.

세월은 흘러 이제 재건축 붐으로 우리의 발자국이 밴 골목길과 주택들은 사라졌다. 원남동 골목은 도시계획으로 확장되어 현대식 빌라가 건축되고, 신수동 언덕은 고층 아파트 숲으로 탈바꿈했다. 그런데 내 마음이 왜 이리 허전할까. 무엇인가 귀중한 보물을 묻어둔 골목길에 대한 향수가 사라지고만 것 같아 서글퍼지는 것이다.

대인(大人)은 대로로 가라 했는데 나는 아직 소인인가. 지금도 역시 골목길 체질인지 큰 길보다 골목길을 선호한다. 좀 돌아서 가더라도 꼬불꼬불 골목을 누비고 다니면서 주변을 돌아보며 추억에 잠기는 즐거움을 누린다.

그 길에는 꿈꾸던 내가 보이고, 오순도순 나누던 우리의 사랑 얘기도 들린다. 우리들의 호흡이 깔려 있는 길. 서민들의 애환이 서려있는 골목길을 기웃거리면 마음이 푸근해진다. 아무렇게나 놓인 손때 묻은 살림도구들이 반짝이면서 깊은 삶의 미로를 더듬게 한다.

반쯤 열린 양철대문에 기댄 녹슨 자전거. 장독대 위 사과 상자 속에서 웃고 있는 봉숭아꽃 두어 송이, 금이 간 시멘트 담을 타고 올라간 나팔꽃. 고무대야 속의 수북한 빨래와, 빨간 비닐 새끼줄로 맨 빨랫줄 가득 펄럭이는 옷가지들. 비 오는 날이면 흙탕물이 고이고 어디서 구수한 된장찌개 남새가 풍기는 골목길.

우리 부부 해로의 인생길도 이런 골목길인 것을. 욕심 부리지 않고 한 발 한 발, 내디딜 수 있는 공간이 있다는 것만으로 우리는 얼마나 행복했던가. 고단하고 힘들어도 꾸준히 걸어온 이 우회로(迂廻路). 앞으로 내가 걸어갈 길이 얼마나 남았을까, 생각에 잠겨 아직 시들지 않은 내 꿈에 생수를 뿌리며 내게 남겨진 골목길 인생을 조용히 누릴 것이다.

(2003.)

마음의 서(書)

눈을 들어 그것을 바라보고 있으면 마음이 시나브로 따뜻해진다. 그 뜻이 빛이 되어 가슴에 스며들면 절로 마음이 맑아온다. 그것을 바라보고 있으면 마음 훈훈해지며 입가에 미소가 번진다. 가슴속 심연에서 솟아나온 자애와 위로의 물줄기가 나를 감싸 안아준다.

청초하지만 차갑지 않고 고귀하지만 거만하지 않은 무한의 세계. 혼돈스러워도 탁하거나 때 묻지 않고 친근감으로 다가오는 유일무이한 존재. 그것이 있는 곳은 빛의 근원처럼 밝고 열의 원천처럼 뜨겁고 힘의 근원처럼 활기가 넘쳐난다.

그것을 대하고 있으면 탐욕에 흔들리던 마음이 부끄러워지고 대립에 곤두섰던 모습이 한심스러워진다. 그것에 의해서 피상적 생각은 사라지고 혼미하고 교란했던 마음은 체계와 질서로 뒤바뀐다.

그것은 사물의 형체는 아니다. 그렇다고 사물의 울림도 아니고 사물의 색채는 더더욱 아니다. 그것은 마음의 깊이이고 마음의 넓이고, 마음의 높이다. 한마디로 그것은 마음의 모습이며 마음 그 자체인 것이다.

그것은 묵흔(墨痕). 거실 벽 높이 걸린 액자 속 붓글씨. 혼으로 쓴 〈시편 23편〉이다. 지난 고희기념 서예전시 때, 작품을 분실한 충격으로 식음을 전폐하고 실의에 빠진 나를 위로하며 먹을 갈아준 남편의 사랑으로 다시 쓴 작품이다. 그 먹빛이 나를 내려다보고 있다.

여호와는 나의 목자시니 내가 부족함이 없으리로다. 그가 나를 푸른 초장에 누이시고 쉴만한 물가로 인도하시는도다. 내 영혼을 소생시키시고 자기 이름을 위하여 의의 길로 인도하시는도다. 내가 사망의 음침한 골짜기로 다닐지라도 해를 두려워하지 않은 것은 주께서 나와 함께 하심이라. 주의 지팡이와 막대기가 나를 안위하시나이다. 주께서 내 원수의 목전에서 내게 상을 베푸시고 기름으로 내 머리에 바르셨으니 내 잔이 넘치나이다. 나의 평생에 선하심과 인자하심이 정녕 나를 따르리니 내가 여호와의 집에 영원히 거하리로다.

－시편 이십삼 편을 2002년 가을에 고임순 쓰다.

한 치 앞을 모르는 애처로운 인생을 유약한 양 떼에, 만사를 섭리하시는 하나님을 듬직한 지팡이를 드신 목자에 비유하고 푸른 초장, 아름다운 물가 등의 전원적 이미지와 음침한 골짜기 등 어두운 이미지의 교차로 우리 인생 여정을 형상화한 다윗의 시는 시편에서 가장 많이 애송되는 깔끔한 시이다.

가을이다. 갈대의 몸부림이 허한 가슴패기를 아리도록 쓸어내리는 계절. 나 혼자 남은 밤. 눈물이 가득 고인 눈을 들어 그 작품을 바라본다. 눈물이 흘러내리지 않게 더 고개를 들고 우러르면 글씨 하나하나가 영롱한 물방울이 되어 아른거린다. 밤은 점점 깊어가고 그것을 응시하고 있으면 나만이 감지하는 오롯한 시간에 빠진다. 먹빛이 유난히 윤기가 도는 것은 남편과 나, 두 생명이 서로 빛을 내고 있기 때문일까. 먹빛은 작가의 생명이다. 세월이 흘러도 생명은 먹빛으로 살아나는가.

붓글씨는 살아있는 사람이 쓴다. 붓글씨를 쓴다는 것은 사람이 사람되는 길이다. 혼자 뚜벅뚜벅 내 손에 맞는 지팡이를 짚고 자기 눈을 믿고 자기 발로 걸어가야 하는 외로운 길.

불현듯 먹을 갈고 싶어진다. 사람은 혼자 남아있을 때 더 붓글씨에 매달리게 되고, 내가 오직 자기 자신이라는 것을 깨닫게 되는 것 같다. 그래서 사람은 본질적으로 고독하다는 것에 눈뜨게 되어 감각이 깨어나면서 내가 고독한 존재라는 것을 자각하게 되는 것이리라.

사각사각. 점점 짙어지는 먹물을 먹은 붓을 든다. 오늘밤 붓 끝에 심혼을 쏟아 쓰는 글씨 속에 생명을 불어넣고 싶다. 그러한 마음의 서(書)를 쓰고 싶다. 고독을 승화하면서.

(2007.)

내 마음 비우고
―추수감사절에

  가을이다. 마당의 단풍나무 잎이 올해 따라 유난히 곱다. 우수수 낙엽 지는 나뭇가지에 달린 대추알들을 바라보며 인생의 가을을 맞은 내 자신을 돌아본다. 나에게 추수할 것이 있는가 하고. 추수할 것이 조금이라도 있다면 서둘러 무엇인가 내놓고 감사를 해야 한다는 생각이 머리에서 떠나지 않는다.

  평생을 수필과 서예 속에 파묻혀 살아온 내 삶을 찬찬히 떠올리며 잠시 마음의 휴식을 가져본다. 바쁘고 숨차게 살아 온 나날들, 산수(傘壽) 문턱에 어쩔 수 없이 다가선 내 삶터가 마냥 허허롭다. 언제부터인가 내 마음속에 자라온 작품들을 통해 이루고자 했던 세상에 대한 보답과, 기꺼이 내 것을 내놓고 싶었던 감격의 순간들을 하나하나 끄집어내본다.

  내 주위에 수북하게 쌓인 나만의 보물들. 피 말리는 작업으로 이룬 수필집과 서예작품들이 집안 가득하다. 지금까지 나는 얼마나 많은 것을 움켜쥐고 살았는가. 그러면서 더 갖고 싶어 쓰고 버리고 또 쓴 작품들의 더미. 쓰는 욕심도

버렸어야 했는데 항상 허기져서 밥숟가락을 입에 물고 있듯 붓을 손에서 떼지를 못했다. 먹어도 속이 허전한 것처럼 아무리 글을 써도 내가 바라는 경지에 이르지 못한 함량 미달 작품들이 양이 차지 않았기 때문이다.

가을 해는 왜 그리 짧은지. 무심코 해가 기우는 베란다에 엎어져있는 작은 항아리들에 눈길이 갔다. 너무 정이 들어서 버리지 못하고 이사 올 때 가지고 온 것들이다. 그 안에 쌀과 보리 등을 담기도 하고 포도주와 매실주도 담아 보았다. 또 여름에는 물을 담아 수련을 키우고 때로는 한 아름의 꽃다발을 담았던 항아리들. 멍하니 바라보고 있으니 문득 목사 고진하 시인의 시 〈묵언의 날〉 마지막 구절이 떠올랐다.

하지만 지금은 속엣것들을 말끔히 비워내고 거꾸로 엎어져 있다.
부글부글 거리는 욕망을 비워내고도 배부른 항아리들,
침묵만으로 충분히 배부른 항아리들!

봄 그리고 여름날, 화려한 꽃들의 사라짐은 아름다운 열매를 약속하듯 비움은 또 다른 채움의 시작임을 깨닫게 해주는 귀한 시를 음미하면서 나는 어떤 결심을 굳히게 된 것이다.

그동안 붓을 들어 한 우물을 파듯 내 온 정열과 혼으로 이루어진 성경말씀 작품들, 여러 나라를 돌며 전시하고 많은 이들의 마음을 움직인 믿음이 녹아있는 보배들, 너무나도 소중하여 가슴에 꼭 품고 돌아와 아끼고 아낀 피붙이 같은 작품들을 아낌없이 내놓으리라. 오직 믿음과 사랑으로 충만한 교인들 앞에 조심스럽게 내놓고 내 뜻을 밝히리라.

11월이 되자 교회마다 추수감사절이 이어졌는데 우리 대신교회에서는 첫 주일인 7일에 감사절을 보냈다. 나는 그 다음 주일, 싸늘한 바람이 불어대는 교회 앞마당에 성구 작품들을 내걸고 성도님들을 초대했다. 그리고 내 작품에 새로운 열매가 맺는 아주 소중한 만남을 체험한 것이다.

일일이 작품 앞에서 발을 멈추고 감상하면서 내 시린 두 손을 꼭 잡고 격려를 아끼지 않는 믿음의 식구들. 하나씩 작품을 거두어 줄 때마다 나는 북받치는 감격에 눈물을 글썽이며 '서예기행' 수필집을 선물했다. 하나님께서 미리 준비해 주셨음인가. 전시회장은 기적이 일어나 영적으로 하나 된 교인들의 나눔의 물결이 해가 지도록 이어졌다.

'네 시작은 미약하였으나 네 나중은 심히 창대하리라'는 성경말씀처럼 나에게 생명을 주시고 재능과 건강을 주셔서 서예와 수필의 길에서 전력투구, 오늘을 있게 해주신 주님께 나는 엎드려 감사 기도를 올렸다. 아울러 적극 도움을 준 성도님들의 큰 은혜에 감사하며 작품 수익금 전액을 3남매와 내 감사헌금과 함께 봉헌하기로 결단하기에 이른 것이다.

11월 마지막 주일, 목사님께 감사기도를 올리고 선교 헌금을 바치고 돌아가는 길, 이 세상에 나보다 행복한 사람이 또 있을까 거듭 반문했다. 감사하는 마음에 행복이 깃들어

내 온 몸이 붕 떠서 날아가듯 가벼웠다. 속을 깨끗이 비운 항아리처럼. 범사에 감사하는 사람은 기쁨이 충만하여 오늘을 정말로 행복하게 살 수 있다는 것도 깨달았다.

"좋은 일이 있으신가 봐요. 얼굴이 훤하시네요." 아파트 입구에서 만나는 사람마다 하는 말을 들으며 집에 들어와 얼른 거울 앞에 섰다. 이 가슴 뿌듯한 포만감, 예전의 외롭고 어두운 그늘이 말끔히 사라지고 활짝 꽃이 핀 내 얼굴이 거기 있지 않는가. 항상 내 안에 계신 하나님께서는 금방 아주 값진 것을 가득 채워 주셨음을 확인한 것이다.

내 마음 깨끗이 비우고 나니 이렇게 행복하고 편안한 것을. 그 빈 마음 가득, 철철 넘치도록 채워 주신 것은 바로 삶의 활력이었다. 미래를 내다보며 마음에 품을 수 있는 꿈과 비전, 눈앞에 프리즘처럼 새로운 일이 눈부시게 빛나고 있지 않는가. 나는 다시 새 일을 시작할 의욕이 불끈 솟아났다.

(2010.)

수선화

부슬부슬 비가 내리는 밤, 창가에 앉아 화선지를 편다. 세상만물이 다 잠든 이 정적의 한때, 비가 몰고 오는 휴식 시간에 붓을 들고 수선화를 그린다.

지그시 눈을 감으면 떠오르는 남쪽 바다. 바닷물이 출렁이던 서귀포 바위 언저리에 무리 지어 피어있던 수선화를 어찌 잊으랴. 모진 겨울을 견디고 봄으로 가는 길목에서 쌀쌀한 바람을 이기며 탈속한 듯 청초한 자태를 드러내는 꽃. 물 없이는 살지 못하는 맑디맑은 선녀 같은 수선화여.

먼저 바위를 그리고 꽃을 그린다. 꽃잎 여섯 잎. 그 가운데 동그랗게 앉아있는 술잔 모양의 꽃을 또 그린다. 그리고 그 꽃을 받치고 있는 줄기와 유연하게 뻗어나간 잎을 친다. 잎은 난초 잎보다 굵고 끝을 조금 도톰하고 탐스럽게 그린다. 색을 입히고 마지막으로 바다 물결을 상징적으로 그려 놓으니 어디서 꽃향기가 아련히 풍겨 와 나를 휘감는다.

맑고 그윽한 향기를 지니고 슬프게 태어난 꽃 수선화. 미소년 나르시스의 혼이 스며들어 있음인가. 요정 에코의 사랑을 외면한 죄로 벌을 받은 나르시스는 물에 비친 자기모습을 연모하다가 마침내 물에 빠져 수선화가 되었다. 애잔한 꽃판과 줄기와 잎사귀에 비극의 전설이 새겨져 눈물 머금고 있는 듯, 그래서 바라보기만 해도 슬퍼지는 꽃이다.

비가 내려서일까. 그래서 더 슬픈 수선화를 그리다가 슬픔에 잠긴 내가 수선화가 된다. 50년 한결같은 반려자를 하늘나라로 떠나보내고 땅 위에 혼자 남아서 그리움의 끈을 놓지 못하고 연연해하는 가엾은 수선화. 물이 주는 이미지처럼 맑고 지순지고하게 그리움만을 가슴에 안고 눈물짓는 한 송이 수선화가 되어버린 나.

내리는 빗물이 땅에 스며들 듯 내 가슴 적시며 스며드는 한량없는 사랑이 지금 그리움으로 밀려온다. 눈에 보이지 않고 잡을 수 없는 그래서 더 안타까운 그리움이여.

"모든 사라지는 존재들이여 그래서 더 아름답고 안타까운가. 머물라. 머물라. 하지만 살아있는 것은 모두 가고 마는 것을."(로버트 헤릭)

이 넓은 세상에 혼자 살아남아 사람으로 산다는 것은 외로움을 견디는 일이거늘. 허한 가슴팍이 소금 뿌리듯 저려오면 피가 마르고 숨을 쉴 수 없을 만큼 쓰리고 아프다. 눈 뜨기조차 버거워 고개 숙인 나에게 살며시 다가온 한 시인의 시가 나를 달래 준다.

울지 마라. 외로우니까 사람이다.
살아간다는 것은 외로움을 견디는 일이다.

공연히 오지 않는 전화를 기다리지 마라

사랑을 상실하고 외로워 울고 있는 나를 등 두들겨 주며
위로해주는 시 한 구절. 그립다는 것. 누군가가 눈물 나게
그립다는 것은 사람의 사랑이 사람에게 주는 선물이라고.
더 이상 오지 않는 것들을 그리워하는 일보다 외로움을 온
몸으로 받아들이며 사는 것이 현명한 삶이라고 계속 나를
다독거려 준다.

오늘밤, 수선화를 그리다가 한 송이 수선화가 되어 위로
받은 나는 눈물을 거두고 차분히 앉아 그림을 마치고 붓을
놓았다. 그리고 순순히 하늘의 뜻에 따르리라 마음 굳혔다.
샛노랑 꽃잎이 퇴색하고 말라 시들 때까지 외로움에 이 악
물고 굳세게 살아가리라 하고.

밖에는 여전히 비가 내리고 있다.

(2008.)

미역국 한 그릇

지금까지 살면서 먹은 음식 중에 밥, 김치와 함께 미역국만큼 자주 먹은 음식은 없을 것이다. 부들부들 미끌미끌 입에 들어갔다 하면 미끄럼 타듯 그냥 목구멍으로 넘어가는 미역국. 생일 때와 해산할 때마다 먹었는데도 물리지 않는 나의 기호음식이다.

칼슘과 요오드가 많아 피를 맑게 해주고 혈액 순환을 촉진하는 등 우리 인체에 유익한 미역국. 이 영양식은 출산풍속과 밀접한 한국 음식으로 우리 민족이 이미 고려시대부터 즐겨 온 음식이다. 그리고 생일에 미역국을 먹는 것은 어머니의 출산 고통을 되새기면서 부모님 은혜에 감사하기 위함이었다 하니 얼마나 효심 깊은 민족인가.

내가 난생 처음 요리해 본 음식도 미역국이었다. 금세 배울 수 있고 조리가 쉬운 음식이어서 어머니가 막냇동생을 해산할 때 중학생인 나는 미역국을 끓여 어머니께 드린 일이 있다. 서툰 솜씨의 미역국을 땀 흘리시며 훌훌 넘기는 어머니 모습을 보고 효녀의 대열에 끼기라도 한 듯 얼마나 대견스러웠던가.

미역국에서는 독특한 향기가 난다. 비릿한 바닷물 속에서 풍란을 이기고 호방하게 자란 해초 왕다운 향기. 언젠가 TV화면에서 89세 해녀가 인어처럼 바다 속을 종횡무진으로 누비며 전복, 소라 등을 따다가 미역 군락지대에서 무더기 미역을 베어 바다 위로 던지는 광경을 보았다. 노구의 열정이 가닥가닥 맺혀서 장곽(長藿)을 이루는 바다 영양소의 결정체. 넓적하고 긴 미역만이 바다의 정기(精氣)를 휘감고 우리 앞에 향기를 내뿜는 것이다.

나는 지금까지 얼마나 많이 미역국을 끓였는가. 시부모님, 두 시누이, 3남매, 그리고 남편과 나. 아홉 식구의 생일이 돌아올 때마다 즐겁게 미역국을 끓였다. 그냥 미역을 담갔다가 건져 적당히 끓이는 게 아니고 갖은 양념을 한 고기와 함께 미역을 볶다가 끓이면서 그날 생일을 맞는 식구의 건강을 기원하며 그 곁을 지켰다.

그런데 정작 내 생일에는 내 스스로 미역국을 끓이기가 싫었다. 내가 먹자고 내 손으로 끓이기에는 무언가 서글펐기 때문이다. 시어머님께서 이러한 내 마음을 헤아리시고 손수 끓여주셨다. 언젠가 내 생일인 줄도 모르고 강의를 하고 늦게 집에 돌아온 날. 시어머님이 미역국뿐 아니고 빈대떡, 불고기, 잡채 등 푸짐하게 내 생일상을 차려주셔서 얼마나 감사하고 기뻤는지 모른다.

세월이 간다는 것은 슬프다. 살다 보니 시누이가 차례로 시집을 가고 시아버님이 노환으로 세상을 떠나시자 몇 해

후 그 길을 시어머님도 따라가셨다. 이렇게 식구들이 떠나 가자 미역국 끓이는 횟수가 줄었다. 딸에게 미역국 끓이는 법을 가르쳐 주고 있는데 가정적이고 요리하기를 즐기는 남편이 한몫 끼어 들어 이따금 내 생일에 미역국 끓이는 실력 발휘를 해 보이는 것이다.

어느덧 성장한 3남매가 결혼을 하고 분가하자 우리 부부 만 마주앉아 밥상을 대하게 되었다. 미식가인 남편을 위해 매일 메뉴를 바꾸며 남편 입맛을 돋우는 요리 만들기에 전념한 나날들. 이러한 세월이 길게 이어지기만을 바라며 남편의 생일이 돌아오면 미역국은 물론 좋아하는 토란조림과 민어 요리도 곁들여 준비했다. 한편 달력에 동그라미를 그린 내 생일이 다가오면 전날에 미역을 담가 놓은 남편은 아침 일찍 일어나 미역국을 끓여 주었다. 사랑이 듬뿍 들어있는 미역국 맛은 그 누구의 솜씨보다 일품이었다.

이렇게 서로 미역국을 끓여 주는 생일을 보내면서 사랑은 쌓이고 세월은 흘러갔는가. 지난 우리들의 시간은 맛있는 미역국을 끓여 먹을 수 있는 축복 속에 마냥 행복했다. 그렇지만 붙잡아도 가는 세월 속에 우리는 어쩔 수 없이 유순히 변해갔다. 점점 건강을 잃은 남편은 투병생활 중에도 꼭 내가 만든 음식만을 즐겼는데 종국에 미역국 한 모금 넘기지 못한 채 인생의 모든 희비애락을 포용하듯 감싸 안고 자연으로 돌아갔다.

신록이 싱그러운 5월이 저무는 무렵, 내 생일 아침, 상에 올라와 있는 내가 끓인 미역국을 물끄러미 바라본다. 평생 끓인 미역국인데 오늘 따라 왜 이렇게 맛이 없을까. 부실한 이빨 사이로 그 부들부들 미끌미끌한 미역 가닥이 급류를 타듯 넘어갈 뿐이다. 음식의 맛이란 마음 맞는 사람끼리 머리 맞대고 먹는 화기애애한 분위기에서 울어나는 것이거늘.

그러자 문득 들려오는 바다의 기별. 새 생명이 탄생할 때마다 죽음 같은 진통을 말끔히 치유해주던 미역의 효험(效驗)이 지금 아려오는 가슴앓이도 시나브로 가라 앉혀주고 있노라고. 지나고 나면 고통의 날이 얼마나 소중한 날이었나를 알게 된다고.

텅 빈 집에서 벽을 쳐다보고 나 혼자 먹는 미역국 한 그릇. 창 밖에서 새 한 마리 말똥말똥 기웃거린다.

(2008.)

3부

구름 유희

그해, 겨울 바다

겨울 바다는 낮고 거칠한 소리를 내며 신음하고 있었다. 금방 비가 내릴 것 같은 하늘, 바람이 세차게 불 때마다 그 소리는 더 커지며 열일곱 여린 가슴속으로 아프게 파고들었다. 사방을 둘러봐도 태곳적 적막이 흐르는 섬. 출렁이던 물결 밑에 침전되어 있는 겨울 바다 내면의 고독이 온 몸을 휘감으면 내 마음은 자꾸만 흐려지고 있었다.

한국전쟁이 발발하던 50년, 1·4후퇴 때 군산에서 통통배를 타고 구사일생으로 다다른 피란처. 제주 섬의 동해안 세화리(細花里)는 전설의 고향 같은 분위기의 신비스런 어촌이었다. 이 조용한 마을이 매일 배에서 내리는 피란민들로 북적거렸다. 분단의 아픔을 지닌 채 겪어야 하는 동족상잔의 비극 앞에 속수무책으로 방황하던 형제 자매들. 교회와 학교 등에 수용된 춥고 배고픈 피란민들을 대접하기에는 너무나 가난한 마을이었다.

그러나 낯선 섬의 겨울은 따뜻했다. 야자수 늘어선 길에는 문주란과 종려나무가 싱싱하고 동백꽃이 붉게 핀 돌담 밑에는 시금치 배추 등이 파란 채로 있어 남국 정취가 물씬 풍겼다. 돌담을 끼고 바다 쪽으로 가노라면 다정하게 말을 걸어오는 것만 같은 크고 작은 돌들. 어떻게 저렇게 교묘하게 담을 쌓아 올릴 수 있을까. 사이좋게 얼굴을 맞대고 서 있는 돌담의 조형미에 감탄하며 걸으면 세차게 부는 바람이 사정없이 뺨을 때렸다.

태양과 바다와 구름과 바람. 육지에서 자란 나는 바다가 너무 신기해서 매일 바닷가에 나가 사색에 잠겼다. 바위에 앉아 수평선을 바라보면 뭉게뭉게 피어나는 흰 구름이 내 마음을 달래주었다. 갈매기와 벗하여 바위에 붙은 김을 뜯으며 군에 간 오빠와 친구들을 그리며 눈물을 찔끔거렸다. 바위에 부서지며 흰 포말을 일으키는 파도에 내 꿈이 출렁이기도 했다.

모닥불이 훤히 피어오른 쪽으로 가보니 물속에서 작업하던 해녀들이 막 올라오고 있었다. "이야홍타령에 야하홍하라…" 민요가락을 흥얼거리며 바다에서 채취한 해산물들, 바다 향기 물씬 풍기는 미역, 톳나물, 왕굴, 조개, 멍게, 전복, 소라, 해삼 등을 펼쳐 놓으며 물안경을 벗으니 앳된 얼굴과 주름 진 얼굴들이 드러났다. 나이를 초월하여 잠수 기능과 지구력이 뛰어난 그들은 겨울 바다 속을 누비는 투지력으로 한 가족을 부양하는 가장들이었다.

이곳은 보름마다 장이 열렸다. 거센 풍랑과 싸우며 돌밭을 가꾸고 기근을 이겨내는 강인한 생존의 의지가 깔려있는 장바닥. 돌자갈 길에 늘어놓은 조, 메밀, 콩, 고구마, 감자, 그리고 살아있는 닭, 꼬챙이에 꿴 삶은 소라 알맹이, 샛노란 하(夏)귤 몇 개 등. 하귤 하나를 사들고 어슬렁거리면서 어째서 이 땅에 귤이 나지 않을까 의아해 했다.

시인인 친척을 따라 '문학의 밤' 모임에도 참석해 보고 교회에 나가 성경 공부도 했다. 집에서는 매일 아버지 앞에 무릎 꿇고 천자문을 외우고 붓글씨를 썼다. 그러나 누런 좁쌀밥 한 덩이가 내 배를 채워주지 못했듯이 머리속은 채워지지 않았다. 다만 꿈이 상실될 것 같은 두려움만이 부스럼처럼 일어 자꾸만 바다로 가고 싶었다.

출렁이는 바다. 전쟁은 언제 끝이 날 것인지 막막했다. 학업도 중단된 채 나는 언제까지 바다와 눈싸움만 해야 하는 것일까. 어쩌면 이대로 주저앉아 해녀가 될지 모른다는 생각도 들었다. 그러나 저토록 출렁이는 파도를 바라보노라면 내 몸의 피돌기 같아서 기운이 솟았다. 내 앞에 살아있는 겨울 바다는 내 심장의 고동소리와 함께 힘차게 파도치고 있지 않는가. 소멸하면서 다시 살아나는 파도처럼 희망이 살아나는 바닷가에 앉아 하늘을 우러르면 흘러가는 하얀 구름이 어서 일어나라고 일깨워 주었다. 집에 돌아가 보니 복교 통지서가 기다리고 있었다.

그 해, 겨울바다에서 3개월 동안 바위에 앉아 손톱이 닳도록 김을 뜯던 손에 붓을 쥐고 살아 온 60년 세월. 겨울이 되면 그 바다를 잊을 수 없어 이따금 훌쩍 비행기를 타고 그곳을 찾아 간다. 수평선을 바라보며 내 피를 맑게 갈아주던 바닷바람을 마시며 감회에 젖는다.

세월 따라 사람은 가고 흔적만 남은 곳. 이제 해녀들도 찾아볼 수 없다. 인류가 바다에서 먹을 것을 구하기 시작한 원시 산업시대부터 시작된 해녀들의 활동, 그들의 생존과 삶, 자존의 역사는 이곳 해녀박물관에 고스란히 담겨져 있을 뿐. 이제 이곳 제주는 각광 받는 관광도시가 되어 외국인들까지도 즐겨 찾는 국제도시로 탈바꿈해버렸다.

그때 그렇게 바라던 귤뿐 아니고 이제는 바나나, 파인애플, 키위 등은 물론 옥토가 된 땅에는 온갖 곡식과 채소가 재배되는 기적이 일어난 지 오래다. 그리고 개발 붐을 타서 고층 아파트, 호텔, 별장들이 다투어 들어서고 축구경기장 골프장 시설로 활발하게 운동 경기가 벌어지기도 한다.

그러나 이 놀라운 변화 속에서도 결코 변하지 않는 것이 있다. 그해, 겨울 바다. 무언의 교훈을 불어 넣어준 태양과 구름과 바람, 그리고 출렁이던 내 꿈.

(2008.)

기적의 마중물

소녀시절, 우리 집에는 장독대 옆 수돗가에 펌프가 있어 큰딸인 내가 펌프 물 퍼올리는 담당이었다. 운동 삼아 하는 재미도 있었지만 하루 종일 일에 매달리는 어머니 일손을 덜어드리겠다는 마음이 우선이었다. 새벽, 물 빠진 펌프는 아무리 손잡이를 오르내려도 쇠 소리만 낼 뿐, 그때 물 한 바가지를 요령 있게 부으며 재빠르게 팔을 움직이면 땅 밑에서 기별을 받은 지하수가 올라올 차비를 하는 것이다.

처음 올라오는 물은 녹물 섞인 흙물이어서 바가지 물을 서너 번 더 부으면서 달래듯 펌프질을 하면 맑은 물이 쏟아졌다. 나는 신이 나서 힘차게 팔다리를 움직여 퍼낸 물을 물통마다 가득 채웠다. 땅 속 물을 끌어올리는 두어 바가지 물의 기적, 그리고 봉(棒) 피스톤의 상하 리듬으로 콸콸 물을 쏟아내는 펌프라는 기계의 위력 앞에서는 신기하다는 생각뿐이었다.

펌프 손잡이에 매달려 계속 물푸기를 하면 올라오는 물, 그러나 그 물은 우리 눈에 보이지 않은 깊은 땅 속에 고여 있는 물이 아닌가. 땅 위로 올라오고 싶어도 혼자 힘으로는 어림도 없는 이 물은 한 바가지 물이 마중을 가서 끌어 올려야 하는 것이다.

이렇게 물을 밖으로 뿜어내는 펌프처럼 우리 형제들 각자에게 잠재해 있는 재능을 발견하고 공부 방향을 이끌어 주시는 부모님이 바로 마중물이라는 생각이 들었다. 무엇이든 배우고 싶고 알고 싶고 하고 싶은 호기심으로 가득했던 시절, 장차 무엇인가 크게 되고 싶은 꿈에 부풀어 있던 나는 부모님과 선생님의 가르침에 따라 성장하고 있음을 깨달았던 것이다.

붓을 들고 글씨를 쓰다가 오리무중을 헤맬 때 나침반이 되어 방향을 지시해 주신 아버지. 그리고 늦잠꾸러기를 깨우는 어머니 목소리는 자명종 시계처럼 내 정신을 바싹 긴장시켰다. "공부해서 남 주나, 다 네가 갖는 것이니 어서 일어나 학교 가 공부해야지." 눈 부비며 부랴부랴 가방을 챙기고 등교하여 책상에 앉으면 들려오는 어머니 목소리.

어느덧 성장한 나는 결혼하여 3남매 키우면서 그대로 부모님의 가르침을 옮겼다. 특히 역점을 둔 것은 교육 문제였다. 자라나는 아이들 성격을 유심히 살피고 각기 적성에 맞는 공부를 하게 한 것이다. 사고력을 키우기 위해 독서를 권장했는데 새로운 것에 대한 무한한 호기심과 탐구심, 그러한 지적 자극이 두뇌 발달에는 가장 중요한 보약이 되었다.

나는 그동안 받은 부모님의 은공을 자녀들에게 돌려주었

던 마중물 같은 삶을 누리면서 얼마나 감사하고 행복했던가. 그 값지고 아름답던 세월 속에서 꿈을 잃지 않고 쉼 없이 붓을 들어 붓글씨를 쓰고 수필을 쓰며 자기 개발에 힘을 기울였다. 이렇게 사는 길만이 부모님께 효도하는 길이라 여겼던 것이다.

내 머리 속에서 꿈틀대는 생각은 왜 그렇게 많은지, 그저 쓰지 않고는 못 배기는 의욕만으로 원고지 앞에서 끙끙댔던 시집살이 시절. 남편만이 내 글쓰기를 밀어준 유일한 후원자였다. 자정이 넘도록 부스럭거리며 무엇인가 긁적거리는 내 옆에서 잠을 설치면서도 미소를 띠던 자애로운 얼굴은 태양처럼 환했다.

그런데 그 해 여름, 나의 태양이 지고 하늘이 무너지던 날, 나는 미친 듯이 칠흑의 경포대 밤바다에서 피울음을 삼키고 가슴의 응어리를 풀어내며 통곡했다. 산산조각 부서져 내리는 희망의 파도. 결코 잊을 수 없는 것들을 잊으려 몸부림치며 무수히 반문했다. 이 세상에 혼자 남은 나는 더 살아서 글을 써도 되는 것일까 하고.

생각의 우물 파기에 지친 어느 날, 문득 정신이 든 나는 비로소 번뇌로 잠든 뇌를 깨우는 일이 시급함을 깨달은 것이다. 기억, 생각, 판단 등 희미하게 사라지려는 이 정신작용을 불러일으켜 감각을 닦고 한 편의 글을 써야 함을. 마음 깊숙이 잠겨있는 내 사상과 감정으로 응고된 언어들, 그것이 제 아무리 쌓여있다 한들 표현하지 않으면 글이 될 수 없는 것을.

그때 예리하게 내 정수리를 찌르는 남편의 유언이 들려왔다.

"항상 글 쓰며 건강하게 살아다오."

내 영감의 원천인 그 목소리는 한 바가지 물이 되어 내 마음 심연에서 잠자는 언어들을 깨워 흔드는 게 아닌가. 그러자 그 언어들을 세상 밖으로 끄집어내기 위한 의욕이 불끈 솟아났다. 나는 컴퓨터 앞에 앉아 소녀 시절, 힘껏 펌프 물 푸듯 열 손가락으로 키보드를 두드리기 시작했다.

드디어 모니터 화면에 뜬 내 언어들. 그것은 생수처럼 올라온 내 선혈(鮮血)이자 내 거듭나기 희망의 환성이 아닌가. 그것을 하나하나 주워 담는 내 두 눈에는 기쁨의 눈물이 번졌다.

소녀 적, 펌프 물 푸기가 효심에서 비롯되었듯이 지금 활자를 두드리는 손 가득히 담겨진 것은 남편의 사랑이었다. 앞으로도 계속 내 수필쓰기에 아낌없이 부어줄 이 기적의 마중물.

(2010.)

낙타를 타고

  실크로드 여행에서 가장 인상에 남은 것은 사막지대를 가던 낙타 행렬이었다. 우루무치 남산목장에서 승마 체험을 한 나는 낙타도 한 번 타보고 싶은 호기심이 일었다. 그 기회는 실크로드의 진주라 불리는 돈황(敦煌)에 갔을 때 찾아왔다. 무엇인가 보물 덩어리가 가득 쌓여 있는 것 같은 천년 고도에 도착하여 먼저 찾아간 곳이 이곳 명물 명사(鳴砂)산이었다.

  산 입구에 다다르니 낙타들이 떼를 지어 손님을 기다리며 쭈그리고 앉아 있는 진풍경이 눈에 들어왔다. 화려한 장신구들을 몸에 걸치고 그림에서만 보았던 괴이(怪異)하게 생긴 낙타를 처음 가까이에서 대하고 보니 겁이 났다. 그러나 명사산까지 가는 우리 교통수단이 아닌가. 우리들은 교통비를 지불하고 각기 번호가 찍힌 쪽지를 받고 대기하고 있다가 순서가 되면 번호가 맞는 낙타를 탔다.

  내 차례가 되어 주인의 지시에 따라 겁도 없이 낙타 등에 올라타니 주저앉았던 낙타가 긴 다리를 펴고 우뚝 일어서자 기겁을 했다. 사전 경고도 없이 마치 언덕에 떠밀리어 공중에 붕 뜬 것 같았기 때문이다. 무려 2미터가 넘는 키에 5백 킬로나 되는 거구는 앞 등의 혹을 가볍게 출렁거리며 한 발자국 한 발자국 아주 느리고 늠름하게 발걸음을 옮기는 게 아닌가.

양분저장소인 두 개의 혹에는 100킬로까지 지방질을 저장할 수 있다니 얼마나 신기한지. 나는 소녀적 즐겨 부르던 〈달밤의 사막〉노래를 흥얼거리며 개선장군처럼 사방을 돌아보았다. 우리 회원들이 무리지어 가는 모습이 마치도 대상(隊商)행렬 캐러반 같았다.

이글거리는 태양 아래 후끈거리는 열사의 먼지바람 속을 장화를 신고 얼굴 가리개로 눈만 내놓고 모자를 눌러쓰고 선글라스와 마스크로 완전 무장하고 낙타를 타고 가는 일행들이 마치 깽 단원들 같아 누가 누구인지 알 수 없었다.

우리는 벌써 목마르고 지치는데 오래 물을 마시지 않아도 버티고, 모래 위를 지치지 않고 걸을 수 있는 낙타는 얼마나 강인한 동물인지 몰랐다. 가시가 있는 식물도 먹을 수 있는 장점 때문에 사막 지역의 핵심적인 교통수단으로 으뜸이었다고. 그 특성을 인간이 이용하여 사막과 초원지대의 짐바리 짐승으로 부리게 된 것이다.

사막을 넘는 모험가들. 인간들의 탐욕으로 그 무거운 짐을 싣고 묵묵히 파미르 고원을 넘나든 낙타, 이들의 수송량은 막대한 것으로 아랍 지역, 인도, 중국, 북아프리카, 중앙아시아 등 여러 지역 간의 경제적 문화적 교류와 발전해

나가는 데에 결정적인 공헌을 한 일등 공신이었다.

목적지에 다다라서 주인이 신호를 보내자 털썩 주저앉은 낙타에서 내리면서 나는 잠시나마 나와 인연이던 동물을 자세히 살펴보았다. 목과 다리가 유난히 길고 혹이 있는 것이 특색인 몸통, 이제는 괴이쩍다거나 무섭다는 느낌도 사라져 버렸다. 나를 똑바로 바라보며 말이라도 할 것 같은 선량한 눈, 머리에서 목을 따라 다리까지 무성하게 뒤덮인 수북한 털이 일품이었다.

나는 낙타의 머리털을 쓰다듬으며 돌아섰다. 비단을 깔아놓은 것 같은 모래밭을 밟으며 명사산 쪽을 바라보았다. 다듬이질 해놓은 것같이 매끄러운 나른한 능선이 아름다운 명사산, 그 부드러운 모래산에서 관현악 연주 소리가 들릴 것 같아 귀 기울이며 한 발 한 발 천천히 발을 옮겼다.

바람이 분다. 모래가 날린다. 바람결에 모래가 신음하면서 내는 소리. 귀를 열고 가만히 그 소리를 듣는다. 이곳에서만 들을 수 있는 신비한 소리를 귓전에 담고, 물이 마르지 않는다는 초승달 모양의 월아천(月牙泉)으로 내려가 그 맑은 물에 손을 담그고 하늘을 우러렀다. 푸른 하늘에 흰 구름이 두둥실 떠가고 있다.

(2009.)

구름 유희

10시간 남짓 밤기차에서 잠을 설치며 시달리던 몽롱한 눈으로 꿈꾸듯 하늘을 응시한다. 연회색 어둠에 싸인 새벽 천지, 광활한 고비사막 외길을 버스에 흔들리면서 나는 어디로인지 가고 있었다.

눈앞에 열린 새로운 하늘, 그곳에 길이 있어 드디어 변화가 오기 시작했다. 왼쪽 차창 밖 하늘이 점점 심상치 않는 빛으로 움직이는 것이다. 뿌옇게 벗겨진 지평선에 한줄기 오렌지 빛이 선명하게 그어지자 주변의 구름들이 환상적인 춤사위를 벌이는 게 아닌가.

오렌지 빛 구름들이 점점 불그무레 번지는가 싶더니 순식간에 뽈록, 망망 사막지대 지평선을 가르고 올라온 둥근 해 덩어리. 극히 원시적인 자연 분만이 아닌가. 멍울진 가슴이 탁 트인다. 이 세상 어느 곳에서 바라본들 이보다 더 감동적인 해돋이 장관이 있을까. 비로소 나는 북쪽으로 가고 있음을 알았다.

구름은 햇볕으로 목욕이라도 한 듯 파란 하늘에 흰 속살을 드러내고 여러 자태를 뽐내기 시작했다. 햇솜을 뭉쳐 놓은 듯 뭉게뭉게 피어오르기도 하고 천사의 너울자락처럼 길게 늘어지는가 하면 때로는 새나 동물 모양으로 변하기도 했다. 그리고 사람 모습으로도 바뀌어 가며 추억을 몰고 왔다. 아무 구애 없이 하늘 무대를 주름 잡는 천태만상의 구름 유희를 감상하는 즐거움에 빠져 가도 가도 끝없는 사막 풍경이 지루하지 않았다.

세상은 어느 것 하나 변하지 않는 것이 없다는 듯 구름 유희는 시시각각으로 변해갔다. 지난 한 해 동안, 내내 가슴에 묻어 두었던 그리움 훌훌 털어 송두리째 저 구름에 띄워버린다. 욕심 털어낸 빈 마음으로 더 갖고 싶어도 결코 가질 수 없는 것들이 구름 언저리를 맴돌며 깨우침을 주지 않는가. 다양한 욕망의 색채가 사라진 자연 풍광, 풀 한 포기 찾아볼 수 없는 척박한 황무지에서 나는 생긴 그대로의 한 인간으로 돌아가기를 갈망하는 것이다.

멀리서 자신으로 돌아오기 위해 새로운 세계로 과감하게 도망쳐 나온 실크로드 여행. 낭만 넘치는 어감이 감도는 이곳에 세계 모든 사람들을 끌어들이는 위대함은 무엇일까. 미술협회 회원들의 스케치 여행이라는 말에 끌려서 나는 선뜻 이 여행에 뛰어 든 것이다. 미지의 오지대에 내 한 몸 내던져 산산이 부서져 버리고 싶은 마음 달래며 허심탄회(虛心坦懷), 둥둥 떠가는 구름을 따라 어디까지라도 함께 가리라 하고.

하늘과 구름과 바람, 그동안 마주친 대자연 속에서 말할 수 없이 순수하게 인간에 대해 무한한 동정심을 가지고 있는 것은 구름이었다. 이 땅의 부부 50년 세월의 인연을 마감하고 혼자 남아 멍하니 하늘만 쳐다보면 내 마음 달래주던 뭉게구름.

두문불출, 뼈에 사무친 고독감을 되씹으며 글쓰기에만 몰입했던 나날들. 어디론지 멀리 떠나가 가슴속 맺힌 응어리를 훌훌 털어버리고 싶어 집을 뛰쳐나왔는데 웬걸. 막상 많은 여행객 속에 끼어 웃고 떠들어대도 고독을 더 느끼게 되는 것은. 철저하게 자신을 위장하고 기만했기 때문이다. 다만 내 안의 고독의 복병인 우울한 진실을 꺼내어 하늘에 띄우면 천진하게 유희하는 구름만이 내 외로움을 달래주었다.

구름이 유인하는 데로 따라다닌 여행길, 실크로드는 중국과 서양의 경제, 문화, 사상을 소통시킨 대동맥이다. 옛사람들은 낙타에 짐을 싣고 걸으며 고된 삶을 구름의 유희에 위로 받으며 다녔으리라. 서안에서 시작된 이 길을 우리 일행은 편안하게 버스에 흔들리며 돈황을 거쳐 트루판을 지나 신강 위구르 자치구의 수도 우루무치에 이르렀다. 이곳은 동 서양의 문화가 교차하는 중요한 지점으로 위구르족, 한(漢)족, 카자흐족, 회(回)족, 몽고족 등 12개 민족이 살고 있어 흥미진진한 역사의 무게를 느끼게 하는 마을이었다.

박물관과 미술관을 관람하고 수많은 명소고적을 돌아보며 2000년 전을 소요하다가 밖으로 나와 사방을 둘러보니 신비한 자연 풍광이 독특한 매력으로 다가왔다. 북쪽에 알

타이산맥, 중부를 꿰뚫은 천산산맥, 남쪽에 곤륜산맥 등 이 3대산맥의 특징이 살아있는 지형이었다. 이 천혜의 자연 풍광 가운데 특히 내 마음을 마구 흔든 것은 고산 호수 천지(天池)였다.

유람선을 타고 코발트 빛 호수 위를 미끄러지면서 주위 경치에 넋을 잃고 바라보다가 하늘을 보고 또 한 번 놀라 두 눈을 크게 떴다. 침엽수로 짙푸른 천산의 만년 설산(雪山) 위로 거대한 구름덩어리가 서서히 움직이고 있지 않는가.

천지를 뒤덮은 구름의 넓은 가슴에 안겨 나는 비로소 내 자신으로 돌아왔다. 그동안 8박 9일 여정에서 알게 된 파란 만장의 비단길 역사. 흥미로운 문화유산, 불가사의한 민정 풍속, 천연 예술화랑과 역사박물관, 왕족 유적지인 흙의 성벽문화, 상상을 초월한 막고굴 석굴과 불교예술의 개화, 희귀 목간 등, 위대한 서화예술의 흔적에 접하면서 감탄했던 눈과 마음을 더 말갛게 씻어주는 구름에게 하직인사를 했다. 이제 떠나야 할 시간이다.

해 저문 호숫가. 더욱 새하얗게 드러난 구름덩어리가 내 등을 살며시 미는 게 아닌가. 그동안 내 마음 달래준 구름 유희는 내게 홀로 서기의 새 꿈을 꾸게 한 스승이었던 것을. 더 좀 머물고 싶은 아쉬움 남기고 뒤돌아서며 나는 헤세의 구름의 시 구절을 중얼거렸다.

(2008.)

제주 삼성혈(三姓穴) 성역에서

―아버지 생각

어제 내린 비로 깨끗이 씻은 듯 말갛게 드러난 신제주 시가지 위에 5월 햇살이 눈부시다. 저 멀리 영봉 한라산 위용이 부상된 길 양쪽에는 종려나무, 동백나무, 유도화 등 가로수가 남국의 정취를 물씬 자아내고 있다.

어디를 둘러보아도 하늘이 바다가 땅이 내 마음을 차분히 가라앉혀 주는 평화로운 고장. 이곳이 바로 내 뿌리가 살아있는 본향으로 부모님께서 출생하시고 성장한 곳이어서 남다른 감회에 젖는다.

바다를 뒤로 성내를 돌아보다가 남문의 성 밖에 있는 삼성혈(三姓穴) 쪽으로 향했다. 이끼 낀 돌담 옆에 단청이 낡은 네 개의 둥근 기둥으로 받혀진 삼성사 정문에 당도하니 먼저 시야에 들어온 것은 연농 홍종시 선생의 친필인 '乾始門'이란 현판이었다. 그리고 그 옆으로 '고량부 삼성사 제단'이란 간판이 선명했다.

풍우에 깎여 일그러진 돌계단을 밟고 대문을 들어서는 내 가슴이 마냥 5월 훈풍처럼 설렌다. 녹음이 우거진 숲 사이로 고색창연한 건물들이 여기저기 자리하고 있어 마음이 숙연해지며 나를 옛날로 밀어내고 있었다. 삼을나(三乙邢) 신위를 모신 삼성전 돌담길을 따라 안으로 들어가니 눈앞에 파란 잔디가 눈부신 신비의 성역이 펼쳐지는 게 아닌가. 이곳이 바로 탐라 시조 삼신인(三神人)이 용출한 삼성혈이었다.

문헌에 의하면 이 삼성혈은 '品' 자형으로 되어있고 여섯 자 둘레에 깊이는 바다로 통한다 한다. 현재는 고씨혈 만 남아있어 철책으로 막아놓아 근처까지 가서 자세히 살피고 싶었는데 아쉬움이 남았다. 바다로 통하는 기운이 감돌기 때문일까. 그 주변에는 심산유곡을 연상케 하는 수백 년 묵은 노송들과 곰솔나무, 녹나무, 삼나무, 조록나무들로 울창한 숲을 이루고 있었다. 과연 태초를 연 성역의 신비를 한층 돋구어 탐라국 성지임을 입증하고 있었다.

이 삼성혈에서 솟은 고을라, 양을라, 부을라 삼신은 이웃나라 벽랑굴(碧浪國)에서 온 세 공주들을 맞이하여 짝지어 혼례를 올렸다는 전설 서린 婚姻池(서귀포시 성산읍 온평리 1693)가 있다. 이 아름다운 혼인 연못가에서 화촉을 밝혀 오곡을 가꾸고 마소를 키우며 자손들을 이루며 나라를 세우니 남쪽나라라는 뜻으로 국호를 탐라(耽羅)라 했다. 활을 제일 잘 쏘는 고을라가 왕이 되어 다스렸다는 신화이야기는 우리 귀를 쫑긋하게 만드는 전설이 아닌가.

흙에서 새 생명 돋아나오듯 억조창생 싹 터온 이 땅 우리 고을라 시조 탐라 천년의 왕세기를 대대로 이어온 유구한

역사. '根深枝茂 (흙에서 돋아난 새 생명이 깊숙이 뿌리 내려 그 뿌리가 깊으면 가지는 무성하게 뻗는 법.) 이곳이 바로 우리 조상 제주 고씨의 뿌리요 그 고향이라 생각하니 마음이 숙연히 가라앉아 옷깃을 여미었다. 푸른 잔디 위에 아른아른 아지랑이 일며 불어오는 미풍은 마치도 삼신의 숨결이 되살아난 듯 했고 그것은 돌아가신 부모님의 숨결로 이어저 억겁의 세월 속에서 부모님 생각에 잠긴다.

평생을 제주 고씨의 긍지로 일관하신 아버지는 애향심이 남달랐다. 말년에 '고씨 중앙 종친회'를 맡아보시며 천직으로 알고 헌신적으로 일하셨다. 문경공 고조기 시비를 원곡 서예가의 글씨를 각하여 서울에서 제주까지 운반하는 대역사를 치루시고 고희를 넘기신 노구를 무릅쓰고 종사와 '고씨세록' 편찬을 위해 오로지 전력투구 동분서주하신 아버지. 무거운 책가방을 구부정한 어깨에 매시고 도서관을 전전하시던 모습이 아련히 떠오른다.

아버지는 출가외인인 딸에게도 제주 고씨의 긍지를 심어주시며 선조의 시와 업적을 들려주시곤 하셨다. 그래서 나는 선조님의 시를 읽으며 붓글씨로 작품화 하였다. 그 중에서도 가장 아끼는 작품은 중시조 3세손 문경공의 '진도강정(珍島江亭)'의 시로 공모전에 출품하여 입선한 바 있다. 그리고 해마다 4월이면 거행하는 '삼성사 문경공모제'에 참석하자고 하셨지만 한 번도 그 뜻을 받들지 못했다. 지금에야 부모님 모시고 고향을 찾지 못한 불효를 뉘우치니 가슴이 메어왔다.

나는 삼신인의 위패를 모신 삼성전(三聖殿)에 들어가 묵념을 올렸다. 나를 오늘을 있게 한 조상님에 대한 경건한 마음이 우러나 가슴이 뜨거워졌다. 그리고 돌아가는 길에 방명록에 서명을 하기위해 숭보당(崇報堂)에 들어가 붓을 들어 방명록을 앞에 놓고 앉으니 만감이 교차하며 가슴이 떨렸다. 높을 '高' 자를 쓰려고 먼저 점 하나를 찍고 하늘을 우러렀다.

내 눈길은 푸른 하늘 저쪽 아람드리 대목에 멈추었다. 가지 끝에 매달린 작은 잎새들이 생동감 넘치는 몸부림으로 5월 훈풍에 나부끼고 있지 않는가. 그 가지는 그 아래 좀 더 굵은 가지로 이어지면서 더 무성한 잎새로 번져나고 그 아래 육중한 줄기로 이어지고 있었다. 다시 그 줄기는 거대한 몸통 본줄기에 합류하여 대지 위에 굳건히 팔방으로 뻗은 뿌리로 내려앉고 있어 참으로 위풍당당했다.

대지에 뿌리 내린 저 거목을 바라보던 나는 다시 붓을 쥔 오른손에 힘을 모았다. 부모님께서 내려주신 이름 석 자를 또박또박 써내려갔다. 지금 이 손끝 힘은 바로 저 거목의 잎새처럼 억겁의 태초에서 비롯된 조상님의 뿌리에서 온 힘이 아니겠는가. 유년시절 아버지께서 붓을 잡게 하고 붓글씨 쓰기를 가르쳐 주신 그 힘이었음을 다시금 깨우친 것이다.

(2008.)

별 하나에 어머니 사랑
— 어머님 생각

　화선지에 수묵(水墨) 번지듯 가슴 한 자락 적시는 알 수 없는 그리움. 이따금 이런 그리움 밀려와 잠 못 이룰 때 나는 조용히 산방을 찾아 간다. 도심에서는 볼 수 없는 것을 볼 수 있기 때문이다. 도착한 산방은 농회색 어둠이 짙게 깔려 깜깜했으나 하늘의 별빛으로 신비경을 이루고 있었다. 고개를 들면 얼굴 위로 쏟아지는 크고 작은 별들이 눈부시는 밤.

　우두커니 밤하늘을 바라보면 시나브로 마음이 편안해진다. 가슴으로 흐르는 별빛이 저항시인 윤동주의 '별 헤는 밤'을 떠올리게 하자 아련한 옛 추억을 몰고 오는 게 아닌가. 별 하나에 추억, 사랑, 쓸쓸함, 동경, 시, 어머니 등. 이렇게 가슴속 아름다운 말 한 마디씩 불러본 시인처럼 나도 추억을 더듬으며 어머니를 불러 본다.

　그리운 유년의 고향 하늘, 어디서 어머니 체취가 풍겨 오는 것 같아 제일 큰 별 하나에 어머니 얼굴을, 그 곁의 작은 내 별을 찾아 자신을 돌아보며 옛 생각에 잠겼다. 나는 누구인가 하고. 어머니와의 운명의 만남. 어떠한 만남으로 살앉는가에 따라 그 사람의 일생이 정해지는 것이 아닐까.

큰딸로 태어난 나는 어머니 따뜻한 품속이 내 세상의 전부였다. 대여섯 살 때쯤, 온 몸에 부스러기가 나 밤새 보채고 잠 못 자는 나를 업고 자장가를 부르며 별을 헤던 어머니. 그 넓은 등은 내가 꿈꾸는 아늑한 동산이었다. 이따금 사람들은 옛날을 까맣게 잊고 살다가 어느 날 문득 되살아나는 그곳이 추억이 되고 희망이 될 수도 있음을 깨닫게 된다.

2차 세계대전 막바지, 일본이 더욱 악랄한 마수로 우리 민족을 목 졸랐던 1942년. 우리 땅을 발가벗긴 공출(供出) 소동, 모든 생산품에 대한 공출의 감행은 바로 농민의 부담을 가중시키고 식량 감소로 직결되었다. 대가족인 우리 집은 배급 주는 쌀로는 죽을 끓여 먹어도 모자라 항상 배가 고팠던 시절. 나는 열한 살이었다.

칭얼대는 동생을 업고 어머니를 기다리는 밤, 하늘의 별을 보고 자장가를 부르며 우는 동생을 달래다가 급기야 나도 울어버렸다. 자정이 넘어서야 돌아오신 어머니가 등에 진 생솔가지 나뭇단을 내려놓자 땅에 떨어진 베개만한 쌀자루. 울다 지친 동생을 허겁지겁 안고 젖을 물리는 어머니의 고무신은 진흙 투성이었고 몸은 땀으로 흠뻑 젖어 있었다. 십리 산길을 걸어서 나뭇단 속에 암(暗)쌀을 숨겨 검문소를 빠져 나오신 어머니. 나는 자꾸 흐르는 눈물을 손등으로 훔치면서 하늘을 바라보면 별들도 서로 엉겨 울고 있는

것 같았다

바라만 보아도 배부른 쌀. 쏴아 하고 빈 항아리에 쏟아지는 소리를 들으며 어머니와 나는 얼굴을 맞대고 웃었다. 그런데 점점 일본의 공출 수법은 수탈과 착취로 변하여 칼을 찬 일경이 구둣발로 방마다 수색하여 놋그릇을 거두어갔다. "이놈들, 천벌을 받을 놈!" 급기야 땅에 묻은 놋 제기까지 몽땅 파가지고 가는 일경에 대항한 어머니를 밀치고 사라지는 짐승 같은 놈들에 대한 적개심이 하늘을 찔렀다.

일본이 전세가 기울어 최후의 발악을 하던 1945년 봄. 나는 대망을 품고 공주사범학교로 유학을 떠난 것은 빨리 선생이 되어 어머니를 돕고 싶었던 것이다. 그런데 책상에 앉아 공부하는 시간보다 비상 가방을 메고 송근(松根)캐기와 마초(馬草)베기 등, 근로 봉사에 더 많이 혹사당했다.

공습경보가 울리고 B29가 나타나면 잽싸게 방공호 속으로 들어가 숨죽였고, 배에서는 쪼르륵 소리가 났다. 기숙사 밥은 쌀알을 셀 정도의 누런 강냉이밥 한 덩이여서 항상 허기졌다. 그 놈의 쌀, 쌀, 하늘의 별 같은 쌀, 등화관제(燈火官制)로 깜깜한 밤, 하늘을 우러르면 별이 쌀이 되어 쏟아졌다. 오늘도 쌀을 구하러 나무하러 가신 어머니 생각에 가슴이 메었다.

그 무덥던 8월 15일, 우리나라는 광복을 맞아 나는 재빨리 짐을 꾸려 귀가했다. 대문 앞에서 반갑게 맞아준 어머니 품에 안겨 얼마나 울었는지 모른다. 그날 밤 어머니는 흰

쌀밥을 지어 주셨는데 배불리 먹으면서 우리말, 글을 마음대로 쓸 수 있는 자유세계가 되었다는 사실이 꿈만 같았다. 태어났던 순간의 발가숭이로 돌아간 듯 나는 그동안 내 몸을 감쌌던 굳은 피막(皮膜)같은 것이 깨끗이 벗겨지는 것 같은 홀가분함을 느꼈던 것이다.

세월은 쏜살같이 흘렀는데 되돌아오는 이미지는 번개처럼 빨라 그것을 차단하는 것은 아무것도 없는 것을. 이제는 쌀알처럼 반짝이는 별을 바라보며 어머니와 딸로 만날 수 있었던 그 시절에 태어났음이 축복이었기에 감사를 드리고 싶다. 우리는 결코 부모와 시대를 선택하여 태어날 수 없는 것을. 내가 불우한 그 시대를 살았지만 소녀 적 역경, 기아(飢餓)감과 결핍은 나에게 결코 꺾이지 않는 정신과 힘을 길러주었던 것이다. 인내하는 의지도 함께.

벌써 자정이 다된 시각, 내일 새벽, 동해안 관광길을 떠나야 하기 때문에 아침식사 준비를 하면서 쌀을 꺼내어 씻었다. 쓱 쓱 쓱, 쌀을 씻으면서 창밖을 보니 밤하늘의 별이 바가지 속 쌀알 위로 내려앉는 게 아닌가. 그리고 이내 그 빛은 내 가슴 언저리를 꽉 메웠다. 별 하나에 어머니 사랑이 환하게 빛나는 밤, 어디서 어머니의 나직한 음성이 들려왔다.

"쌀 한 톨이 금쪽같으니라."

(2008.)

꿈꾸던 백합화의 비상(飛翔)

— 오빠 생각

해마다 7월이면 아버지가 가꾸신 정원에는 고고하게 유백색 백합꽃이 피었다. 가까이 다가가 그 청초 순결한 자태에서 뿜어대는 향기 속에서 시상을 떠올리며 그림을 그리고 있노라면 오빠가 다가와 사진도 찍어주었다. 유난히도 백합꽃을 좋아한 나는 그 언저리를 얼마나 맴돌았던가. 문학이란 이 꽃처럼 지순하고 아름답게 시를 쓰는 것이라 여겼던 여고시절.

이슬이 방울지는 아침
내 마음은 대리석마냥 차가워
분수처럼 솟는 향수를
두 손 모아 담아든 손가락이 가늘고
풀이 센 모시 치마를 두른 얼굴
꿈을 파먹고 사는 소녀이려니
하늘로만 오르고 싶어
가는 허리가 더욱 길었나보다

                    – 백합화 ≪새벽≫(1952)

그 무렵, 나는 시를 쓰는 오빠에게 지도를 받았다. 며칠을 낑낑대며 시 한 편을 써서 조심스레 내밀면 첨삭을 해주던 오빠. 그러나 이것도 시라고 썼느냐고 야단맞으며 쥐어박힐 때는 울기도 여러 번 했지만 굴하지 않았다. 좋은 평가를 받을 때까지 쓰고 또 썼다. 시 〈백합화〉는 그런대로 괜찮다 하여 가람동인지 ≪새벽≫에 출품했던 내 첫 작품이다.

　무척이나 백합꽃을 좋아한 나는 향기가 분수처럼 뿜어나오는 가느다란 줄기 깊숙이에서 바람에도 흔들림 없는 강인한 기개를 엿본 것이다. 다른 꽃이 따를 수 없는 고결한 자태와 향기를 대할 때마다 하나님께 감사하고 싶어진다. 성경에도 이 세상 최고의 영화를 누린 솔로몬 왕의 영화가 이 한 떨기 꽃송이보다 못하다고 칭송하지 않았는가.

　이러한 백합꽃 같은 지순(至純)한 사람이 되고 싶었던 나는 오빠에게서도 그런 향기가 나는 것 같았다. 칼바람 부는 엄동설한, 초등학교 등교 길에 짜증부리는 내 책가방을 들어주고 손을 꼭 잡고 가던 따스한 손. 책을 읽고 독후감을 쓰게 한 자상한 마음씨. ≪기린봉≫이란 동인시집을 내며 활동하는 모습이 돋보여 얼마나 위대하게 보였는지 모른다.

　세월은 가도 7월이 오면 그 자리에 백합꽃은 여전히 피었지만 우리는 헤어져야 했다. 오빠가 대학에 입학하여 서울로 떠났기 때문이다. 그후 우리는 나흘이 멀다하고 편지를 주고받으며 허전한 마음을 달랬는데 이것이 내 글쓰기의 밑거름이 된 것이다. 나도 서울에 있는 학교에 전학 가려던 중 6·25한국전쟁이 발발, 서로 피란 가느라 소식이 끊기고 말았다.

피란지에서 돌아온 나는 대학 진학할 때 제동이 걸렸는데 부모님이 의과나 약학과 진학을 고집하셨기 때문이다. 문학을 하면 평생 배고프다고 등록금을 주지 않겠다는 말씀에 한 학기 화학과에서 공부를 했는데 영 적성이 맞지 않아 고민하다가 국문과로 전과해 버렸다. 한 끼를 거르는 한이 있더라도 꿈꾸던 문학의 길을 가기로 결심한 것이다.

이렇게 시대적, 가정적으로 우여곡절이 많았던 20대는 다시는 되돌릴 수 없는 인생 첫 계단이 아닌가. 잡다한 꿈들을 말끔히 사라지게 한 오빠 서가에 빽빽하게 꽂힌 문학서적들만이 눈에 들어와 매일 읽으며 큰 감동을 받았다. 지극한 오빠 사랑과 더불어 이 명작들이 내 어깨에 날개를 달아주고 미지의 문학세계를 날게 해주었던 것이다.

6월 24일 밤, 포성을 들은 오빠는 다음날 한강을 건너 남쪽으로 걸어 내려가 광주 보병학교 통역장교로 있다는 소식을 인편으로 보내왔다. 9·28수복 후 상경하여 대학에 복학하고 졸업 후 결혼한 오빠는 담이 높아 나하고의 거리가 멀어졌다. ≪여원≫ 잡지를 편집하다가 ≪女像≫이라는 잡지사를 경영했으나 실패, 대형출판사의 상무로 전직 사보

제작에 골몰 중 폐암으로 쓰러졌다는 소식을 들었을 때, 나는 하늘이 무너지는 것 같은 충격을 받았다.

부랴부랴 백합꽃 송이를 들고 뛰는 가슴으로 병실을 찾아가 보니 오빠는 고통 속에서도 미소로 맞아주었다. 나는 앙상한 오빠 손을 잡고 얼마나 뜨거운 눈물을 쏟았는지 모른다. 꿈을 파먹고 살던 가는 허리가 두루뭉수리 한 아내가 되고 어머니가 되어 수필쓰기에 빠져 있는 나를 잘했다고 격려해준 오빠. 꽃향기에 퍼지는 피붙이 정은 여전히 따스했다.

수필을 엮으면서 보낸 세월, 80년에 출간한 첫 수필집을 들고 나는 개선장군처럼 부모님께 달려갔다. 장하다고 칭찬하시는 아버지 곁에서 어머니는 얼마 벌었느냐고 하셨다. 넉넉하게 용돈을 드리지 못한 내가 죄진 것 같아 가슴이 아팠지만, 그리고도 한사코 돈이 되지 않는 글쓰기를 줄기차게 오늘까지 이어왔다. 그래서 많은 수필집만이 서재에 가득하다.

황금보다 값진 분신들을 바라보며 평생을 하고 싶은 일을 한 행복 속에 잠긴다. 밥은 굶지 않고 살았으니 초지일관 문학세계로의 비상은 얼마나 큰 축복인가. 지금 하늘에 계신 부모님과 오빠에게 오늘의 나를 보여드리고 싶다.

(2012.)

합죽선(合竹扇)의 향연

　더위가 찾아와 산들바람이 그리운 계절, 단오 명절에는 서로 부채를 선물하는 세시 풍속이 있어 옛 사람들의 삶의 멋과 풍류를 엿볼 수 있다. 그 맥을 이어서 선면(扇面)협회에서는 해마다 쥘부채전이 열려 올해로 20회를 맞았다. 선서화(扇書畵)의 향연, 올해는 서울에 이어 강릉 초대전, 그리고 일본 대판에서의 개최 등 대대적인 전시를 통해 우리의 자랑인 합죽선을 선보이게 된 것이다.

　드디어 전시가 열린 날, 서울 시립미술관 300평 넓은 전시실 벽을 메운 작품들. 아래 위 두 줄로 걸린 200여 점의 합죽선이 일제히 바람을 일으킨 듯 시원했다. 흰 벽면에 반달 모양으로 활짝 펼쳐진 쥘부채들이 마치 무지개가 뜬 것처럼 황홀했다. 화가는 색채로, 서예가는 묵색으로 나름의 독특한 작품세계를 이루고 있지 않은가. 작가들이 심혼을 쏟아 부은 반원 공간이 우주처럼 넓게 시야를 열어주고 있다.

　쥘부채만이 만들어내는 독특한 화면공간에 새로운 조형세계를 창출한 작품들. 가슴을 후련하게 터주는 설악산과 바다풍경, 꽃 흐드러진 동산에는 하늘하늘 나비가 춤추며 노닐고, 우거진 나무 숲속에서 지저귀는 새 소리에 쉬어가고 싶어진다. 여인들이 그네 뛰고 창포에 머리 감는 단오 풍속도 앞에서 어머니를 그리며, 섬들이 떠있는 바다 풍경이 추억을 몰고 와 이야기를 들려준다.

대형 합죽선에 이백(李白)의 장시 '春夜宴桃李園序' 117자 전편을 담은 내 작품 앞에서 발을 멈춘다. 그동안 꼭 써보고 싶었던 애송시였는데 이번에 과감하게 행초서체로 담아보았다. 그러나 미흡한 점이 많이 드러나 또 한 번 시도해보고 싶은 의욕이 일어났다.

대나무살이 울퉁불퉁한 합죽선에 붓글씨를 쓴다는 것은 매우 어렵다. 우선 겁부터 난다. 온 신경을 곤두세워 행방불명의 나를 찾아 붓끝과 씨름하는 작업. 내 참 모습이 보일 때까지 기도하듯 경건하게 움직이던 붓끝이 부챗살에 걸려 미끄러지는 날에는 만사휴의(萬事休矣). 엉뚱한 방향으로 묵선이 가버리면 지울 수도 없어서 울고 싶어진다. 더욱이 최후의 5분에 아차 실수로 합죽선을 버려야 할 때의 아픔은 이루 말할 수 없다. 그러나 반면 이러한 난관을 뚫고 완성할 때의 희열 또한 얼마나 큰지 모른다.

처음 나에게 합죽선에 붓글씨를 쓰게 하신 분은 아버지신데 어느 날 합죽선을 하나 들고 찾아 오셨다. 난초 한 폭을 치고 화제를 써달라고 하시며 내 앞에 내놓으시는 게 아닌가. 그때 겨우 사군자를 습작할 때여서 자신이 없었으나 아버지 부탁을 거절 못하고 붓을 들었다. 부챗살에 걸려 붓이 나가지 않아 애태우며 짧게 난 잎을 치고 거듭 개칠을 해버렸더니 난이 아니라 잡초가 되어버렸다.

아버지께서는 딸의 서툰 솜씨를 탓하지 않고 남방셔츠 주머니에 꽂고 다니며 자랑하셨다. 시조 한 수를 읊으실 때마다 그 합죽선을 활짝 펴신 아버지. 노경의 고달픈 삶이 딸로 하여 얼마큼 위안이 되셨을까. 세월만이 무심히 흐르고 아버지가 세상을 뜨신 후 유품을 정리할 때 손때로 얼룩진 합죽선을 펴놓고 나는 얼마나 울었는지 모른다.

그후 나는 미친 듯이 붓을 들어 합죽선에 글씨를 쓰고 난을 치는 작업에 몰두했다. 내 가슴에 타오르는 불덩어리를 식히며 아버지께 자신 있게 드릴 수 있는 작품이 될 때까지 쓰고 또 쳤다. 내 효심은 세월 속에 녹아들고 이제 그때의 아버지 나이가 되어서야 비로소 무엇이 된 것 같은 작품 앞에서 옛날을 그리며 한없는 회한(悔恨)에 젖는다.

합죽선을 만드는 과정은 2백 회가 넘는 잔손이 가는 전승공예로 완성까지 무려 백일이 걸린다. 양질의 대나무 마디를 양잿물에 삶아 쪼갠 후 일주일 동안 말리면 노랗게 변한 것을 얇게 떠낸 다음 솜방망이에 민어풀을 대의 속 부분에 발라 붙인다. 대나무 껍데기와 껍데기를 합하는 일이므로 합죽(合竹)이라는 이름이 붙어졌다고 한다.

이 합죽선은 우리나라에서 최초로 만들어져 중국으로 건너간 고려의 특산물로 11세기경, '고려선'이라 하여 송(宋)

의 휘종(徽宗) 황제의 찬탄과 함께 널리 장려되어 인기가 대단했다고. 우리나라에서는 고려 중기부터 조선조 말까지 단오절에 부채를 선물로 주고받는 풍습이 유행했는데 애초 궁중에서 임금이 신하에게 단오선을 나누어 주면서 시작되었다고 한다. 얼마나 멋스러운 풍류인가. 선조들의 지혜로움이 자랑스럽다.

올 여름은 무척 무더울 것이라는 기상 예보가 있었다. 바쁘다 바쁘다하고 쫓기며 사는 현대인들. 선풍기나 에어컨에 밀려난 쥘부채에 그림이나 시 한 수 담아서 이웃과 주고받는 정은 얼마나 슬기롭고 정다운가. 여름 한때만이라도 부채의 멋과 풍류를 즐기며 조금은 느리게 쉬엄쉬엄 쉬어 간들 어떠랴.

(2009.)

보이지 않는 줄

어릴 적, 어머니가 가는 곳이면 어디든지 따라다녔다. 빨래터에는 비누통과 방망이를 들고, 시장에는 장바구니를 들고 잽싸게 어머니 뒤를 따랐다. 큰딸인 나는 어머니를 도와 드려야겠다는 생각이 우선이었지만 한편 호기심이 일어 집 밖 세상이 궁금했던 것이다.

이때 얼핏 어머니는 어미 소, 나는 새끼 소라는 생각이 들었다. '송아지 송아지 얼룩송아지 엄마소도 얼룩소 엄마 닮았네' 처럼. 나도 오뚝한 코에 이마가 시원한 어머니를 닮았으면 좋겠다고 생각하며 어머니 뒤를 따랐다. 이따금 시골 들판에서 유심히 보았던 한 폭의 그림 같은 어미 소를 뒤따르던 송아지 모습을 떠올리며.

그때 눈에는 보이지 않는 줄 하나가 어미와 새끼를 연결하고 있다고 느꼈다. 마치 어머니와 나처럼. 떨어질 수 없는 줄에 이끌려 따라가게 되는 것이라고. 바늘에 실 꿰어 천을 누비듯 바늘 가는 대로 실이 되어 따라다녔던 시절. 그 줄은 생명이 있는 모든 동물의 마음속 깊이에서 우러난 사랑의 심지 같은 것이라 여겼다.

지금까지 나는 이렇게 보이지 않는 줄에 매여서 성장한 것이다. 조부모님, 부모님, 형제들과의 가족 관계에서 뿐만 아니라 스승과 친구들 간에도 이 줄로 이어져 있었던 것이다. 그리고 결혼하여 남편, 시부모님, 시고모님, 시누이 등과 그 줄을 이어갔다. 그리고 자식들과 손자들과도 깊어지는 사랑으로 그 줄들은 튼튼해지기만 했다

언제부터인가 그러한 힘의 정의가 반드시 유형적일 수만은 없다는 것을 느끼게 되었다. 우리 눈에 보이지 않게 작용하는 힘, 그것이 무엇이며 무엇 때문에 그런 것이 생기는지 이렇다고 꼬집어서 말할 수는 없었다. 다만 그러한 무형적 힘이야말로 참으로 강하고 질겨 사람의 힘으로 움직일 수 없는 것임을 살아갈수록 절감했던 것이다.

지금 내 기억을 상상의 영역이 미치는 한계까지 뻗어 다시 저 유년 시절로 되돌아가 보면 뚜렷이 남는 흔적이 아른거렸다. 마치 채에 받쳐 걸러내듯, 철이 들어서 아버지와 나 사이에 이루어진 사랑의 줄 하나를 또 발견할 때, 나는 향수에 젖어 아버지를 불러 보는 것이다. 아버지께서 내 작은 손에 붓을 쥐게 하고 붓글씨를 가르쳐주신 기억이 사랑방 풍경과 함께 어쩌면 그렇게 생생할까.

그 줄이 오늘의 나를 있게 한 절대 요인이었음을 부인할 수 없다. 아버지와 나를 이어주던 줄, 그 줄의 강도가 내 힘을 능가하여 작용해 주었기에 나는 지금의 위치에 이르게 되었고 미래의 완성을 향한 과정에 놓일 수 있게 된 것이

다. 딸의 재능을 인정하시고 적극 이끌어주신 아버지, 그러한 아버지에 대한 효심으로 나는 열심히 붓글씨를 썼다.

세상적인 유혹에 빠져 나태해질 때, 기로에 선 발길이 휴식만을 취하고 싶어 미끄러질 때, 나를 요동하지 않게 붙들어 매어 준 줄, 아버지와의 줄이 그 어떤 힘보다 강하게 나를 잡아끌어 주었다. 공모전 낙선으로 실의에 빠진 딸을 위로하시며 더 열심히 쓰라고 격려해 주시고, 전시회 때 마다 지팡이에 의지하고 오셔서 내 작품을 감상하신 아버지.

이러한 아버지가 세상을 뜨자 바턴을 이어 받은 듯, 남편 역시 50년 세월을 한결같이 서(書) 예술을 이해하고 힘껏 뒤를 밀어주었다. 수시로 먹을 갈아주기도 하며 격려를 아끼지 않던 남편은 서예에 관한 서적들을 구해주고 인사동에 연구실을 마련, 이 길에 전념하도록 어깨에 날개를 달아 주었다.

유난히도 길고 긴 여름이 늙어들 무렵, 나는 10번째 서화 개인전을 열었다. 남편 추모전이었다. 그동안 정성 들여 쓴 붓글씨와 그림을 들고 사람들과 만나게 되었을 때 얼마나 가슴 뭉클한 감격으로 북받쳤던가. 말하고 싶어도 말하지 못했던 것들, 말할 수 있으리라고 생각하지 못한 느낌들을 붓으로 표현한 작품들을 한아름 안고 인사동 '백악미술관'에 풀어놓았다.

바로 이것이 내가 세상과 소통하는 방식이고 사람들과 이야기를 나누는 방법이기 때문이었다. 누군가는 내 그림을 보고 외로움을 느꼈을 것이고 또 누군가는 내 글씨를 통해 간절한 소통의 속삭임을 들었을 것이다. 전시회는 그 외로움과 속삭임의 결정체들을 앞에 놓고 오랜만에 만나는 사람들과 오순도순 대화를 나누는 자리가 아니던가. 귀한 시간을 내어 찾아준 고마운 사람들에게 나는 이슬 맺힌 눈으로 작품 도록과 서예기행문집을 선물했다.

동분서주 혼자 뛰며 준비한 전시회, 1주일 전시기간 내내 피곤이 누적되어 쓰러지려는 나를 지탱해준 손길이 있었다. 그것은 하늘에서 햇빛 되어 쏟아져 내리는 아버지와 남편의 사랑의 꽃다발이었다. 예나 지금이나 우리의 단단한 줄은 계속 이어지고 있었던 것을. 땅에서 함께 살면서 꼭 잡았던 줄은 하늘까지 닿고 있었던 것이다.

(2009.)

하늘에서 온 편지

눈이 내린다. 세설이 내리더니 점점 눈발이 굵어져 함박 눈이 쏟아진다. 깃털처럼 가벼운 눈송이의 화려한 원무(圓舞). 도대체 눈의 정체는 무엇일까. 하늘에서 갓 내린 눈을 돋보기로 관찰해 보면 6각형의 예쁜 꽃과 같은 모양이라 한다.

눈은 높은 하늘 아주 추운 곳에서 수증기가 곧바로 얼음 알갱이가 되어 생겨나, 구름 속을 떨어져 내려오는 동안에 커다란 결정(結晶)으로 커 가는 것이라고. 기온이나 습도에 따라 여러 가지 모양으로 커지는 이 눈의 결정은 상공의 기상 상태도 알려 준다. 그래서 눈은 하늘에서 보낸 편지라고 한다는 것이다.

눈이 쌓인다. 하늘의 편지가 쌓인다. 가슴이 두근거린다. 그 편지를 채 읽기도 전에 쌓이고 쌓이는 눈은 폭설이 되어 온 누리를 덮는다. 혹한이 계속 이어져 눈은 거대한 흰 몸을 대지 위에 엎드린 채 일어서지 않고 있다. 이렇게 많은 눈이 내리면 겁이 나기는 하지만 그래도 나는 신비로운 설국을 찾아가고 싶어진다.

올해는 전국적으로 눈이 많이 내렸다. 강원도 대관령에는 무려 1미터 가까운 눈이 내렸다는 기상 보도에도 아랑곳없이 우리 가족은 설 연휴를 맞아 용평을 향해 떠났다. 눈부신 설원, 산기슭 적설 속에 우리 쉼터 '송운산방'이 푹 파묻혀 있었다. 대문을 열고 한 발 한 발, 무릎까지 올라오는 눈 속을 헤치고 걸어가니 현관 옆 몇 그루 자작나무가 반겨주는 게 아닌가.

사방을 돌아본다. 나무 가지마다에 눈과 얼음이 뭉쳐 생기는 눈꽃 수빙(水氷), 마치 모자를 뒤집어 쓴 것같이 가지들이 처져있다. 이것은 눈이 쌓여서 된 것이 아니고 과냉각 물방울로 이루어진 안개 알갱이가 얼어붙어서 생긴 것이라고. 풍부한 눈과 과냉각 물방울, 찬 계절풍과 낮은 기온이 만들어내는 겨울눈이 연출한 예술 세계에 빠져든다. 그 모양도 가지가지여서 도깨비모양이 있는가 하면 새우 꼬리 모양, 칫솔 모양, 접시꽃 모양 등 다양하다.

산방 뒤 야산을 오른다. 맑게 갠 하늘, 새하얗게 빛나는 눈 때문일까. 마치 눈이 내리면서 씻어낸 듯 하늘은 어쩌면 저토록 깔끔할까. 아나나 다를까 눈이 올 때에는 공기속의 작은 먼지도 함께 섞여 내리기 때문에 눈은 하늘의 청소부 역할도 한다는 것이다. 멋있게 굽은 소나무 가지들과 빽빽하게 뻗은 잣나무들이 눈바람을 뒤집어쓰고 나무 자체가 얼음 기둥이 되어있는 신비롭고 황홀한 모습들. 내 인생 최고의 설경에 취한다.

그리움을 몰고 오는 젊은 날, 우리 부부가 처음 만나던 날도 눈이 내렸다. 함박눈이 내리던 비원의 고궁 뜰을 거닐며 우리는 서로의 마음 문의 빗장을 열었다. 눈처럼 순수한 성품이 녹아 물처럼 내 마음으로 흘러 들어올 때 나도 눈같이 거짓 없고 해맑은 여인이 되고 싶었던 것이다. 배우자를 선택하는 데 까다로운 조건들을 멀찍하게 밀어내고 오직 한 남자의 진실된 마음만을 부각시켜 주던 눈세계.

이렇게 만난 우리가 백년가약을 맺던 날도 흰 눈이 펑펑 쏟아져 쌓인 한 겨울이었다. 웨딩드레스 자락을 적시던 눈 덮인 계단을 오르며 얼마나 추위에 떨었던가. 그러나 눈은 하늘이 주신 축복이라고 행복감에 젖어 떠났던 신혼여행 길. 온양 온천장 마당도 은세계 일색이어서 마음이 한없이 부풀었다. 뽀드득 뽀드득, 발자국을 내고 걸으면서 뒤돌아 보고 이렇게 선명하게 살자고 마주 보고 웃었다.

설인(雪人) 같은 남자. 유난히 흰빛을 좋아한 남편은 늘 나에게 흰 옷을 입으라고 권했다. 흰 블라우스를 입으면 얼굴이 한결 살아난다고 생일선물로 사 주기도 했다. 구혼여행도 겨울의 설악산에서 눈 속을 누비며 흰 빛을 즐겼다. 그리고 입버릇처럼 설국을 유람하고 싶다는 것이다. 이다음 노후에 함께 세계 일주를 하며 알래스카, 시베리아, 북극 등을 여행하자고. 시집살이에 아이들 키우느라 정신없는 내 귀에 들어오지 않는 꿈같은 이야기들이었다.

어느덧 맞은 우리의 황혼기. 그런데 상상도 할 수 없었던 일들이 일어나고 만 것이다. 건강을 잃고 병치레하느라 바빠진 그 많은 나날들, 남편은 지병인 당뇨병이 악화되어 신부전증으로 급기야 투석 치료를 받게 되었다. 침묵만이 흐르는 병실, 병상의 남편은 아주 편안한 표정으로 내 손을 꼭 잡고 함께 가자고 했다.

어린 아이처럼 말하던 남편은 무엇이 그리 바빴는지 어느 날, 슬그머니 내 손을 놓고 먼저 떠나가 버렸다. 지금쯤 유럽여행을 마치고 그렇게 가고 싶었던 북국의 흰 눈 속에서 곰과 노닐고 있을까.

적막이 흐르는 산, 우리 이야기가 무늬져 있는 눈세계 속에서 나만이 볼 수 있는 빛들을 찾아본다. 사랑의 진분홍빛, 그리움의 연보랏빛, 그리고 외로움의 담묵(淡墨)빛 등을. 나에게 아낌없이 가슴속 열정을 다 털어주고 진공상태가 되었는가. 말수 적고 사려 깊은 남자. 가진 것도 내세울 것도 없지만 평생 흰빛을 좋아한 화안열색(和顏悅色)의 얼굴만이 눈앞에 아른거린다.

바람이 분다. 하늘이 점점 흐리더니 눈발이 날아온다. 눈앞으로 하늘에서 온 편지가 떨어진다. "거대한 빙하와 끝없이 펼쳐진 눈 쌓인 황야, 신비스런 알래스카의 흰 눈 속에서 조금만 더 머물고 싶다." 고.

(2007.)

라구나 비치에서

미국대륙 서부 해안 중에서 가장 아름답다는 해변 도시, 지중해 풍의 풍광을 자랑한다는 라구나 비치를 향해 우리 승용차는 쾌적하게 해변도로를 달렸다. 예술가들이 많이 살고 있어 볼거리도 많고 하루 나들이에 좋은 곳이라는 말에 가슴 설레며.

차창 밖으로 이국풍광에 매료되던 내 눈 가득, 활기 찬 태평양 해변이 드러나자 그리움이 밀려왔다. 저 멀리 어디엔가 우리 경포대 바다가 어리는 것 같고 일전에 다녀온 지중해 해변이 떠오르는 것이다. 목적지에 도달하니 많은 사람들로 북적거리고 있어 연간 300만 명의 방문객이 모여드는 명소다운 분위기였다.

젊은 연인들이 탄 노란 색 오픈 카 사이를 비집고 당당하게 백발을 휘날리며 올드 카를 모는 노인들 모습이 흥미로운 해안도로. 이곳에서만 볼 수 있는 이색적인 광경들을 바라보며 차에서 내려 걸어가니 해변 초입부터 상점들이 줄지어 있어 안으로 들어가 구경하는 재미 또한 쏠쏠했다.

이곳은 예술인들과 부유층이 많이 거주하고 있어서 상점

들에 진열된 상품들도 고급품이 많아 볼거리가 많았다. 길가 건물 벽이나 레스토랑에도 지역 화가들의 그림으로 장식되어 있어 눈길을 끌었다. 사람들 마음을 풍요롭게 해주는 바로 조형예술의 자연 전시장이 아닌가.

예술인들의 갤러리와 창고로 된 작업실을 관심 깊게 돌아보았는데 또 이곳에는 예술대학도 있어서 재미있는 광경이 벌어지는 예술제가 열린다고. 축제 종목 중에는 나무조각품, 보석공예 등을 비롯한 각종 그림, 조각, 공예작품 등으로 180명 이상의 예술가들이 참여하는 방대한 페스티벌이라고 자랑하는 곳이었다.

멀리 고개를 돌리면 산 위에 즐비한 고급 주택들이 눈에 가득 들어오고, 초원을 이루고 있는 가파른 언덕에는 흰 염소를 풀어놓고 있는 풍경이 이색적이었다. 평화로우면서도 예술적인 해변 풍경에 나도 모르게 빨려 들어갔다.

조물주가 살며시 만들어 놓은 이 천혜의 바다를 접하고 있는 비경의 마을, 하늘 아래 펼쳐진 신비스런 바다 풍경은 모든 예술가들로 하여금 영감을 주어 탁월한 작품을 탄생시키는 원동력인 모체가 되고 있음을 알았다. 바로 예술가를 키울 자연환경이라고 할까. 그런 분위기를 느꼈다.

잠자는 재능을 깨워 예술의 끼라도 받으려는가. 나는 바다의 상큼한 대기를 마시며 모래사장을 걷고 싶어 나무판으로 덮은 모래 위를 걸어갔다. 맨발로 비단결 같은 모래 위를 조심조심 걸어 넓은 모래밭에 이르렀다. 멀리 수평선이 아련하게 부각되고 넘실대는 파도가 햇살에 반짝이며 여독을 말끔히 씻어주었다.

눈을 들어 두둥실 떠가는 구름유희를 바라보며 하늘과 바다 사이 은모래 밭에 앉은 나는 만감이 교차했다. 한 달이 넘는 긴 미국여행의 마무리를 이 해변에서 마침표를 찍는 감회가 가슴에 사무친 것이다. 시작이 있으면 끝이 있는 것을.

나는 바람이 머문 백사장에 주저앉아 모래를 만지작거리며 망망대해를 바라보았다. 지금까지 본 바다 중에 가장 아름다운 바다. 어머니 품처럼 넓은 바다에 안겨 끝남의 허전한 마음 달래며 그저 이렇게 앉아만 있고 싶었다. 끝남이란 마음 비움인가 아니면 채움인가. 아니 텅 빈 마음에 가득 넘치게 채워 넣기다.

나는 두 손으로 모래 한 줌을 만지작거리며 손바닥에 올려놓고 손을 오므리고 꽉 쥐어 보았다. 손가락 사이로 빠져나가는 무수한 모래알들. 그렇게 계속 되풀이 하고 있으니 어느 위인의 글 한 편이 모래밭에 떠올라 나를 휘감는 게 아닌가.

가만히 손위에 올려놓으면 그대로 있고 손을 오므리고 꽉 쥐는 순간 손가락 사이로 빠져나가는 모래. 조금은 남아있기도 하겠지만, 대부분은 사라져 버린다. 관계도 마찬가지. 상대방에 대한 존경과 여유로움으로 가만히 쥐면 그 관계는 원래 모습 그대로 남아 있을 것이다. 하지만 지나친 소유욕으로 힘을 주어 쥐게 되면 관계는 미끄러져 사라져버린다.

　나는 지난 삶을 돌아보며 앞으로 남은 내 삶에서 인간관계를 비롯한 모든 관계를 어떻게 유지할 것인가를 곰곰이 생각해 보았다. 나를 낮추고 겸손하게 인연이 된 여러 관계를 원활하게 유지해야 함을 깨달은 것이다. 내 기억에 영원히 남을 이 바다와 모래사장은 내게 무언의 깨달음을 주고 말이 없다.

　손에 쥔 미세한 모래알이 깨우쳐준 교훈을 이번 여행의 선물로 가지고 가리라. 나는 모래알을 쥔 손을 털고 일어서서 바다를 뒤로 걸어갔다. 돌아가는 나를 환송하듯 파도가 철석거리며 갈매기 떼들이 파닥거리고 있었다.

(2011.)

책맹(册盲) 벗어나기

―독서의 해에

요즈음, 책은 너무나도 푸대접 받는다. 정보화시대니 인터넷시대니라고 떠들어대는 추세에 책들이 대접을 받지 못하고 있다. 최근에 우리 사회는 두 가지 커다란 환상에 사로잡혀 있다는 글을 읽었다. 인터넷에 들어가기만 하면 모든 필요한 정보에 빠르게 공짜로 접근할 수 있다는 환상과, 또 하나는 '그러므로 이제 책은 필요 없다'라는 환상이라고.

인터넷만으로 정보의 유토피아가 실현될 수 있다면 아무도 그 유토피아를 거부할 이유가 없을 것이다. 책 만들 종이 때문에 애꿎은 나무를 희생시키지 않아도 되고, 집에는 책이나 책상을 둘 필요가 없으니까 공간이 넓어져서 좋고, 이사 갈 때도 무거운 책 뭉치 때문에 고민할 필요가 없지 않는가. 사실, 인터넷과 컴퓨터가 그 편의성과 접근성 때문에 책의 영역을 침범해서 주인 자리를 차지하기 시작한 것은 한두 해 된 일이 아니다.

나는 소위 컴맹이었다. 컴퓨터를 익힌 지 몇 해 되지 않는다. 글자판을 두드리다 보면 손에서 힘이 빠져 붓글씨 쓰기가 어려워지지 않을까 하는 우려 때문에 수필 쓰기도 펜으로 일일이 원고지 칸을 메우기를 고집했었다. 소녀시절, 붓으로 연하장을 쓰고 예쁜 편지지에 글을 써서 선생님과 친구들에게 보내기를 즐겼던 나. 글씨는 손으로 써야한다는 고정관념으로 일관한 삶을 이어왔는데 그만 황혼기에 돌변한 것이다.

열심히 한글 타자를 익혀 손가락으로 키보드를 두드려 수필을 쓰고 그대로 이메일로 출판사에 보내니 얼마나 빠르고 편리한지 모른다. 모든 편지들도 워드를 쳐서 '편지보내기'로 끝내버리는 얌치없는 사람으로 살고 있다. 그리고 필요한 정보를 인터넷을 통하여 얻으며 글 쓰는데 도움을 받고 있으니, 나도 인터넷 만능시대를 누리고 있는데 뒤지지 않고 있는 셈이다.

그런데 어느 날, 글을 쓰다가 인상파 화가들의 삶을 조명하고자 인터넷으로 찾는데 바라는 내용이 양이 차지 않아 도서관을 찾아갔다. 그곳에서 여러 나라 미술관 도록을 찾아보고서야 확실한 정보를 얻을 수 있었다. 세상에 만연한 인터넷 만능주의 환상에도 불구하고 현실은 전혀 그렇지 않음을 알게 되었다. 우리에게는 인터넷으로 습득 가능한 정보가 있는가 하면 이와는 달리 접근할 수 없는 정보, 지식, 경험의 거대한 세계가 따로 있기 때문이었다. 비로소이 접근불가의 영역이 바로 책의 세계임을 깨달았던 것이다.

오래 전부터 나는 우리 아파트 노인정에 작은 도서실을

만들어놓고, 주민들에게 독서를 권장하고 서예와 글짓기 지도를 봉사하고 있다. 젊은 층은 많은 관심으로 모여드는데 노년층은 문맹도 아니면서 책읽기를 멀리 하고 참여도가 낮다. 활자를 들여다보면 눈이 침침하여 골치가 아프고 재미없다는 것이 그 이유였다.

시간 여유가 있고 높은 지식의 소유자들이 읽으려고만 하면 항상 주변에 좋은 책이 널려있는데도, 습관적으로 책읽기 싫어하고 읽지 않는 것이 책맹이 아닐까. 학교 다닐 때 교과서와 참고서 외에 책 읽어본 적이 없다는 주부에게 이제부터라도 읽어보라고 수필집을 주면 시간이 없다고 외면한다. 이렇게 책과 담 쌓은 사람도 책맹이라 할 수 있을 것이다.

"이 정보화시대, 아이티시대, 인터넷시대에 무슨 책 타령이냐고? 지금이 어느 때인데 도서관 타령이야?" 하고 책맹들은 말하고 있다. 유치원 초등학교에서는 영어 만능시대를 누비고 영어교육에만 치중하고, 중·고등학교에서는 입시 중심의 교육 과정을 따라가느라 책 읽을 시간도 열의도 없고, 집에 가면 게임하기에 바쁜 것이 청소년들의 현실이다.

최근, '독서용'이 아닌 '장식용'으로 책을 컬렉션하는 사람들이 늘고 있다는 기사를 읽었다. 거실에 대형 책장을 만들어 놓고 전문가에게 요즈음 잘 나가는 책과 예술 서적을 골고루 선별, 되도록이면 문화적인 취향이 느낄 수 있는 책을 채워달라고 요구한다고. 책을 읽기 위해서가 아니라 남에게 보여주기 위해서 장식용으로 구비하는 것 또한 책맹이 아닐까.

올해는 정부가 정한 '독서의 해'이다. 전국에 보물창고 같은 공공도서관이 700여 개가 있다고 한다. 누구나 친구 집 가듯 다니며 독서운동을 활발히 펴서 책 읽는 습관을 길러야 할 것이다. 독서를 통한 정서 함양의 길은 어릴 때부터 자연스럽게 책과 가까워지는 버릇에서 이루어져 노년이 되어도 책맹에서 벗어날 수 있게 해준다.

젊은 시절에는 아무도 흥미를 보이지 않고 상상도 못했던 것이 노년의 삶이다. '노년이란 젊은이들에게 심지어 중년층에조차 미지의 언어를 쓰는 미지의 나라' 라는 글이 얼핏 떠오른다. 그러나 사람이면 누구나 다 맞이하는 노경이 아닌가. 정상에 올라가야만 그 산의 모습을 훤하게 알 수 있듯, 마음의 벗이 되고 위안이 되어주는 책들을 읽으면서 인생의 정상을 바라보고 가는 삶은 다시없는 큰 축복인 것이다.

(2012.)

고임순 연보

1932년   5월 27일 새벽, 전북 전주 완산칠봉 君子亭에서 아버
            지 高京善, 어머니 宋麗石의 6남 3녀 중 장녀로 출생.
            낙원 같은 초록빛 동산에서 오빠와 뛰놀며 자라다.

1937년   5월, 강 근처 동완산동 작은 한옥으로 이사. 살림에 파묻
            힌 어머니, 빨래통을 이고 냇가로 가는 뒤를 방망이 들고
            따라다님. 틈틈이 먹을 갈고 아버지께 붓글씨 배움.

1939년   3월, 일제 강점기에 完山초등학교 입학, 가슴에 창씨
            개명한 이름표를 달고 왜 신사참배하며 일어만을 배우
            는지 의아해하면서 차츰 꼭두각시놀음임을 자각함.

1945년   3월, 공주사범학교 입학. 근로봉사에 시달리다가 8·15
            광복을 맞아 전주여자중학교 편입. 오빠(高廷基) 지도
            받으며 교지 ≪綠星≫에 수필 〈내 고향〉 등 발표.

1947년   4월, 직장을 사직하신 아버지의 새 사업 칠피(에나멜)
            공장이 크게 융성함. 시 교육위원으로 활동하시며 자
            녀 교육에 힘쓰심. 큰집으로 이사, 내 방을 꾸미고 공
            부에 열중하면서 학교 대표 탁구선수로 활약, 학예회
            때 무용하며 무용가를 꿈꾸다.

1950년   6·25한국전쟁 발발. 1·4후퇴 시 제주도 어촌으로 피

난, 떠오른 수상을 일기에 쓰기도 하고, 아버지 앞에 무릎 꿇고 천자문 배우다. 3개월 후 복교, 졸업함.

1951년 3월, 집안 형편으로 이화여자대학이 있는 부산에 가지 못하고 전시연합대학 입학, 이듬해 서울 환도로 전북대학교(아버지가 설립자 중 한 사람) 문리대 국문과 편입.

1952년 4월, 가람 李秉岐 교수 지도로 가람동인(신석정, 김해강, 백양촌, 구름재, 최승범 시인 외 8명)으로 활동. 동인지 ≪새벽≫에 시 〈동백〉〈코스모스〉〈백합〉 등을, ≪국어국문학≫지에 수필 〈눈길을 걸으며〉〈차창 유감〉 등 발표함.

1954년 3월, 〈역대여류문학연구〉로 학사학위 받고 상경, 고형곤 서울대학 철학교수 주선으로 서울대 문리대 국문과에서 1년간 청강함. 김효자 수필가와 친하게 지냄.

1955년 4월, 이화여자대학교 대학원 국문과 입학, 지도교수 이헌구 평론가, 현대시에 이산 김광섭 시인, 고전 시가에 무애 양주동 박사, 시 창작에 김동명 시인, 고전문학에 손낙범 교수 등 강의를 받으며 대학원 학술지 ≪알파파이 알파≫에 연구논문 수록.

1957년 1월 16일, 흰 눈 쌓인 엄동설한, 서울 태생인 韓龜永님(문화춘추사 대표 필명 한철영)과 결혼. 시부모님 모시고 두 시누이와 새 삶을 시작하다.

1958년 3월, 석사논문 〈고대소설에 나타난 사회성 고찰〉로 대학원 졸업. 취업차 이화부속고등학교 교장을 찾아갔을 때 여자의 행복은 가정에 있다는 권유를 받고 따름.

1959년 3월 6일, 장녀 惠京 출생

1962년 3월 10일, 장남 相郁 출생

1964년 5월 10일, 차남 相津 출생

하나님 선물인 3남매의 육아에 정성을 쏟으며 신앙이
깊어져 대신교회 권사로 봉사하는 축복의 삶에 감사 수
필 쓰기에 몰입하다.

1967년 4월, ≪女像≫지에 응모한 딸의 〈육아일기〉로 장원,
≪女苑≫지에 〈아늑한 요람의 앨범〉으로 우수상 받고
시에서 수필로 전향. 한편 YWCA 서예반에서 붓글씨를
익히다.

1973년 7월, 남편 출판사업 실패로 파산, 셋집을 전전하다 5년
만에 신수동에 내 집 마련. 〈광명인쇄공사〉 영업부에
입사하여 신간 양서로 서재를 꾸며 자녀들 교육에 힘씀.
해정 박태준 선생 문하생이 되어 〈尙筠 동인전〉 출품.

1975년 3월, 서울여자대학교 국문과에 출강, 이듬해 이화대학
국문과로 옮겨 후학을 가르치는데 주력하며 수필작품
활동 활발해짐. ≪신 문학개론(공저)≫(세음사) 펴냄.

1976년 4월호 ≪월간문학≫지에 〈난초 가꾸는 마음〉으로 등단,
1979년 ≪현대문학≫에 〈박꽃〉을 발표 문단에 나오다.
계속 ≪수필문학≫ ≪노산문학≫ 등에 수필 발표.

1977년 3월, 장녀 이대 영문과 입학, 이어 장남 서울대 법대 입
학(1980) 차남 서울대 상대 입학(1982), 3남매 미래를

위한 교육에 주력하면서 수필과 서예의 길에 매진하다.

1980년   8월, 첫 수필집 ≪이 작은 불빛으로 내 생의 아침을≫ (학예사) 펴냄. 부모님께 첫 수필집을 선물로 바치다.

1981년   9월, 남편이 마련해준 인사동 동일빌딩 605호에 〈養德硏墨會〉 간판을 걸고 서예, 수필 연구실을 개설, 주야로 연구생활에 몰입. 예서체로 천자문을 5곡 병풍에 담다.

1982년   3월, ≪아세아 공론≫(국제문화협회)에 〈어떤 흑인〉 등을 일본어로 번역 수록, 수필문우회(회장 김태길) 운영위원, 감사로 선임됨.

          8월, 대한만국 미술대전 입선. 지난 3월에 세상을 뜨신 아버지를 추모하는 서화개인전 열다(세종문화회관).

          9월, 〈일본서전〉에 〈龍飛御天歌〉(동경도미술관) 출품, '전일본미술신문사상' 수상.

1984년   7월 23일, 외손녀 陳賢西 출생.

          제2수필집 ≪낮은 목소리로 오소서≫(문지사) 펴냄.

1985년   한국문인협회, 국제펜클럽 한국본부 입회. 이화 100주년 기념 〈동창문인회〉 창립회원 대표 에세이 ≪긴모리 자진모리(미완)≫ 출간.

1987년   8월 10일 외손자 陳光龍, 미국 버파로에서 출생. 도미하여 해산 간호를 돕고 〈로스앤젤레스 聖句展〉(성림장로교회) 마치고 귀국. 시비〈햇불이어라〉(통일공원) 쓰다.

1988년   12월, 제3수필집 ≪이 작은 행복≫(백문사) 펴냄.

          호주 시드니 대한일보사 초청 서화전시를 양덕연묵회

회원전으로 개최.

1990년 4월, 한국여성문학인회 입회.

8월, 우리문학기림회(작고 문인 비석 건립) 회원이 되어 비석 글쓰기 담당. 홍사용 시인의 비석글 쓰다.

1991년 제9회 한국 현대수필문학상 수상. 기독교 수필문학회 부회장 피선, ≪신앙수필연간집≫(교음사) 펴냄. 〈불빛〉 등 수필 20편 낭독(기독교방송).

1992년 3월 18일 장손 韓光炫 출생.

6월 제4수필집 ≪사랑, 그 찬란한 생명의 무늬≫(문지사) 출간, 회갑기념 겸 출판기념회(프레스센터).

8월, 유럽 3개국 미술계 탐방.

1993년 8월 중국 서안에서 열린 〈난정필회 국제전〉에 참가. 귀국길에 백두산과 윤동주 시인 모교 용정중학을 방문.

1994년 3월 20일 손녀 韓承延 출생

7월, 문인협회 문학기행(유럽 5개국)

1996년 1월, 제5수필집 ≪가슴으로 깊어지는 江≫(신아출판사) 펴냄. 출판기념 겸 서화전시를 고향 전주 '민촌화랑'에서 개최. 6회 한국수필문학대상 수상.

1997년 4월, 캐나다 토론토 '空 화랑' 초대 서화개인전

19099년 3월, 월간문학 신인상 심사. 협성대학교 문예창작과 출강, 수필선집 ≪하얀 저고리≫(교음사) 출간.

2000년. 7월 20일 작은 손자 韓同炫 출생

2001년 제6수필집 ≪약속≫(세손) 펴냄.

국민일보 〈여의도 에세이〉란에 2년간 수필 연제.

2002년　11월, 수필선집 ≪아 섬이 보인다≫(신아사) 출간.

고희기념 출판기념회와 서화개인전 개최(인사동 '공평아트센타). 작품 31점을 분실, 다시 쓰는 고통 체험.

11월, 고씨종문회후원 전시(문예회관)개최, 수입금 전액을 '고씨종묘건립' 기금으로 희사.

2003년　5월, 안식년으로 영국 버밍엄에 가있는 막내아들집에서 생일상 받고 아들 내외, 손자들과 함께 노르웨이 여행. 꿈같은 피오르드 여행에 흠뻑 빠지다.

2004년　4월, 〈영인문학관〉(강인숙 관장) 요청으로 완성한 정철의 '사미인곡' 전장을 증정.

9월, 러시아 선교사인 동생(高俊基) 주선으로 상트페테르부르크 '유니온센터'에서 성구 개인전(9회) 개최. 10월, 5회 〈한국문학상〉(한국문인) 수상.

11월, 정지용문학상 심사하다.

2005년　2월, 이스라엘기독교성지 순례길 돌며 신앙심 깊어짐.

8월, 큰아들이 마련한 용평 별장 이름을 남편과 함께 〈松雲山房〉이라 짓고 예서체로 써서 산방에 걸다

2006년　2월, 제7수필집 ≪내 안의 파랑새≫(세손) 펴냄.

10월 서울 문학인대회기념문집 ≪서울을 품은 사람들≫(문학의집 서울)에 수필 〈지금 인사동은〉 수록.

2007년　8월 17일, 신장병으로 투병하던 남편 하늘나라로 떠나다. 10월, 수필선집 ≪가오리鳶≫(현대수필가 100인선

(좋은수필사) 출간.

2008년   3월, 남편 유언 받들어 출판사 〈예온〉 등록.

9월, 제8 수필집 ≪자작나무≫(예온) 펴내고 실크로드 스케치 여행 떠나다.

2009년   8월, 남편 2주기 추모 서화전(10회 개인전)을 인사동 '백악미술관'에서 개최. 때맞추어 펴낸 제9수필집 ≪묵향 속에서≫(예온)을 참석자들에게 증정.

2010년   6월, 러시아 목사(高俊基) 동생의 동방선교 보고시집 ≪긴 동굴 속 빛이 되어≫(예온) 펴내다.

11월, 도쿄대학 법학과 교수 中山信弘과 김앤장 변호사 韓相郁 공저 ≪知財의 窓으로 미래를 보다≫(예온) 펴냄.

2011년   5월, 8순 기념으로 딸과 함께 미국여행(뉴욕, 워싱턴, LA)하다.

10월, 마포신문사 주최 백일장 심사.

11월 추수감사절에 '聖句 개인전(11회)' 개최, 수익금을 교회에 헌금.

2012년   5월, 제10수필집 ≪구름유희≫(예온) 펴냄. 21일, 임실 박사마을에 〈許世旭 문학비〉 비석글 쓰고 건립.

6월, 울산 〈선갤러리〉(이선애 관장) 초대 '팔순 서화전(12회)'.

2013년   10월, 부모님 추모하며 제주 〈정의골 축제〉에 '가훈 쓰기'를 담당. 12월, 〈성읍전수관〉 개관 기념으로 선친 '회갑휘호'와 내 작품 '漢拏靈峰'을 기증.

2014년 3월, 제11수필집 ≪비움 그리고 채우기≫(선우미디어) 펴
냄.

5월, 〈연적, 도자기전(문학의집 서울)〉 개최.

7월, 이대 인문예술교육연구회 서예반 지도 맡음. 8월,
춘천 실레마을에 〈金裕貞문학비〉건립.

2015년 1월 1일, 乙未년 靑羊해 새 아침, 딸 韓惠京(명지전문대
문창과 교수), 장남 相郁(김앤장 변호사), 며느리 金慈卿
(서울대 언론정보학 박사), 차남 相津(울산대 사회학 교수),
며느리 黃美英(부산 카톨릭대학 사회복지학과 교수), 외손
녀(陳賢西 이화여대 경영과 대학원 졸), 외손자(陳光龍 고려
대 경영과4년), 큰손자(韓光炫 외대 독문과 2년, 독일프랑
크푸르트대학교환학생), 손녀(韓承延 캠브리지 뇌과학대 3
년), 작은 손자(韓同炫 부산장전중학 1년)들의 세배 받으
니 감사하는 마음으로 감개무량.

20일, 〈해오름달 迎春展〉(서예문인화)에 '鄕心'(김상용
시) 출품.

5월, 수필선집 ≪골목길≫(선우명수필선38) 펴냄.

7월, LA 작가의 집 아트홀 초대 13회 서화전시 개최 차
도미.